CARAMBAIA

ilimitada

Francisco Umbral

Madri 1940
Memórias de um jovem fascista

Tradução
SÉRGIO MOLINA

Posfácio
BÉNÉDICTE DE BURON-BRUN

Contexto histórico
VALERIA DE MARCO

7 Nota da edição
9 Glossário

. . .

13 Madri 1940 – Memórias de um jovem fascista

. . .

211 Posfácio, por Bénédicte de Buron-Brun
237 Contexto histórico, por Valeria De Marco

Nota da edição

Esta é uma história fictícia que remete a um período específico da Espanha no século XX, na qual o autor mistura propositadamente fatos e personagens reais com criações literárias. Com o intuito de dar mais fluidez à leitura, sem tirar o efeito desse jogo entre figuras que realmente existiram e outras imaginárias, evitamos ao máximo as notas explicativas ao longo do texto, deixando apenas aquelas que nos pareceram necessárias para a compreensão do enredo.

Ao final do volume, além do posfácio da professora francesa Bénédicte de Buron-Brun, especialista na obra de Francisco Umbral, o leitor encontrará um texto da pesquisadora Valeria De Marco, que apresenta a cronologia dos acontecimentos e analisa as forças envolvidas no contexto da Guerra Civil Espanhola e no período que sucedeu ao conflito, quando se passa o romance. Na página 9, um glossário resume os principais termos e personagens históricos citados com mais frequência no livro.

Glossário

PRINCIPAIS TERMOS E PERSONALIDADES CITADAS

Dionisio Ridruejo (1912-1975): Poeta e escritor, foi membro da Falange na época de José Antonio Primo de Rivera, alinhou-se a Franco tornando-se o responsável pela propaganda do bando franquista durante a Guerra Civil. Na Segunda Guerra Mundial, foi voluntário na legião que lutou ao lado dos nazistas. Ao longo do tempo, migrou da extrema direita para se tornar opositor da ditadura franquista.

Falange: Partido político espanhol de ideologia fascista fundado em 1933. No ano seguinte se uniu às Juntas de Ofensiva Nacional-Sindicalista (JONS), formando a Falange Espanhola das JONS. Tornou-se partido único durante o período franquista.

Francisco Franco (1892-1975): General, comandou em 1936 o golpe militar contra o governo republicano da Espanha – estopim para a Guerra Civil. Tornou-se um dos principais líderes (*caudillo*, em espanhol, daí o apelido Caudilho) dos nacionalistas (ou nacionais) durante a guerra, recebendo apoio de Hitler e Mussolini. Vitorioso, ele se tornaria o ditador da Espanha de 1939 a 1975.

Geração de 98: Grupo de escritores, poetas, ensaístas e filósofos criado em 1898 para discutir a crise moral, política e social que atingia a Espanha após a perda de suas colônias em Cuba, Porto Rico, Guam e Filipinas. Entre os intelectuais associados a esse grupo estavam: Pío Baroja (1872-1956), José Martínez Ruiz (Azorín) (1873-1967), Antonio Machado (1875-1939), Jacinto Benavente (1866--1954), Miguel de Unamuno (1864-1936) e Ramón del Valle-Inclán (1866-1936).

José Antonio Primo de Rivera (1903-1936): Filho primogênito do general nacionalista Miguel Primo de Rivera, ditador da Espanha entre 1923 e 1930, José Antonio foi um dos fundadores da Falange. Logo no início da Guerra Civil, foi condenado e morto pelas forças republicanas por apoio ao golpe de 1936. Para evitar que se tornasse um mártir, sua execução foi mantida em silêncio. A falta de notícias rendeu-lhe a alcunha de "Ausente".

José Luis de Arrese (1905-1986): Político, integrou a Falange e se tornou um dos principais teóricos do regime franquista.

Juan Aparicio Lopes (1906-1987): Jornalista e político espanhol, foi um dos fundadores das Juntas de Ofensiva Nacional-Sindicalista (JONS), em 1931. Durante a ditadura que se seguiu à Guerra Civil, assumiu postos importantes no controle da imprensa espanhola e da censura.

Movimento Nacional (ou Nacionalista): Autodenominação do grupo de apoiadores do general Francisco Franco durante a Guerra Civil Espanhola (1936-1939). Na ditadura franquista (1939-1975), Movimento Nacional foi também o nome dado ao conjunto de organismos e mecanismos que compunham o regime. A historiografia contemporânea opta pela substituição do termo "nacional" por "rebelde" (*sublevado*), e de "movimento" por "facção".

Ramón Serrano Suñer (1901-2003): Político, foi seis vezes ministro sob Franco — de quem era cunhado. Alinhado com os nazifascistas, idealizou a Divisão Azul, que arregimentou voluntários para lutar na frente russa durante a Segunda Guerra.

Para minha mulher

Estendei vossos olhares, como linhas sem peso e sem medida, para a esfera pura onde os números cantam sua canção exata.

— José Antonio

Átrio

Meu romance *Madri 1940*, que de início pensei intitular – equivocadamente – "Retrato de um jovem fascista", na verdade tem um pouco de ambas as coisas, e do que não tem nada é de mim mesmo, a não ser a digitação.

Também não gostaria que este livro fosse entendido como uma segunda parte ou continuação de *Leyenda del César Visionario* (visionário esse que costumam escrever com inicial minúscula, quando no meu livro aparece com maiúscula, e Federico de Urrutia, o poeta falangista e feliz autor de tão lisonjeiro epíteto, também o escreveu com maiúscula no seu poema a jeito de romanceiro, se bem me lembro). Este meu romance não é continuação de nada, embora também não se possa furtar à cronologia que depois da guerra trouxe a paz, ou melhor, como diria meu amigo Fernando Fernán-Gómez (que o diz na sua peça *Las bicicletas son para el verano*), o que se seguiu não foi exatamente a paz, mas a Vitória, com esse "V" maiúsculo e funesto.

Até que ponto a Vitória foi rubricada com sangue, em 1940 e nos anos seguintes, é justamente o tema deste romance que agora ofereço, e, para que a referência não seja gratuita e panfletária, reuni meticulosa e polpuda informação sobre a intentona, que, devidamente amortecida pelo filtro literário, põe um fundo surdo e sórdido, atroz e histórico, à biografia, ou autobiografia, ingênua e cruel desse jovem fascista que se quer e se crê mais josé-antoniano que o próprio José Antonio, chegando, no seu delírio falangista, à paranoia ou ao crime, se é que não são a mesma coisa.

Este livro, portanto, se desenrola em três planos, para usar palavras caras aos críticos. (E a desvantagem de escrever prefácios é que, depois, algumas pessoas só leem estas paginazinhas iniciais, onde encontram a crítica pronta.) Mas vamos lá. Neste momento, minha esposa está recebendo uma injeção na bunda. Ela se cura em saúde, por precaução. As esposas duram muito. Primeiro plano: a biografia ou a autobiografia de um jovem falangista que vem a Madri logo depois de terminada a guerra, para tentar uma carreira política, literária, o que for, e abocanhar o pão da Vitória. Até onde chega essa criatura contraditória e perigosa na sua evolução social e mental é coisa que verá quem ler o livro.

Segundo plano: um mapa completo da repressão de 1940 e anos imediatamente subsequentes em Madri, com alguma alusão ao resto da Espanha. Isso, para mim, é a argila, o barro, a matéria rica, atroz e sangrenta, fértil, sobre a qual modelar o romance, os personagens, a vida. Assim, este material se desdobra em matéria-prima e testemunho. Penso que o testemunho de um genocídio, de um cautelar e silencioso holocausto, pode continuar interessando a muita gente, a algumas pessoas.

O terceiro plano, digamos, é jornalístico, direto, cronificado, com a aparição de personagens da época, de Juan Aparicio a Manolete, de Chicote a Pasapoga, toda a Espanha que bebia coquetéis de sangue, nas noites da Gran Vía, enquanto nos porões de Franco se torturava e assassinava.

Achei melhor que tudo isso fosse contado por um partidário, um vingador/vingativo por natureza, e também um devoto de José Antonio e inimigo de Franco. Através do meu personagem, procuro expor descontentamentos, conspirações, contradições, camarilhas, correntes e entreveros que se entrelaçavam por dentro daquele esquema luminoso da Vitória, tão visível em Madri como os anúncios de Tío Pepe, conhaque.

Minha esposa acabou de receber a injeção na bunda. Espero que um dia ela fuja para Mazarrón com o enfermeiro, mas até agora não há sintomas disso. Vai ver que não faz seu tipo.

Será o caso de procurar outro enfermeiro.

La Dacha, outono de 1993

Um

Madri, minha Madri, era o fantasma de uma cidade, uma desolação de cães e bondes, com a praça Cibeles recém-desvendada, como uma múmia, a Puerta de Alcalá como um peito de pedra e de metralha, Carlos III fuzilado por Franco, carteiros mortos nas esquinas e a derrota comendo de si mesma, nos terrenos baldios, entre gatos e cachorros que desjejuavam morte e jantavam fuzilados no meio da noite, sob a lua cheia do medo. Eu voltara à minha cidade, depois do exílio da guerra em zona nacional[1] e tranquila, na província de tédio e plateresco, e estava disposto a cavar meu espaço em meio aos vencedores, que eram os meus, na hora primeira e madrugadora de ocupar o que quer que fosse, jornais e escritórios, editoras ou delegacias de polícia. Ou seja, vinha disposto a tudo. Entrei numa pensão barata em Argüelles, numa daquelas ruas de bondes abarrotados, casas de pura fachada, encobrindo atrás os profissionais da canalhice, e quitandas onde reinava a batata-doce fácil, amargosa e alegre, com sua alegria crua e barata de fruto de uma guerra sem colheitas.

---

1 Nome dado às regiões da Espanha que ao longo da Guerra Civil apoiaram Franco contra os republicanos. [TODAS AS NOTAS, SALVO INDICAÇÃO EM CONTRÁRIO, SÃO DESTA EDIÇÃO]

Na minha primeira noite na pensão, depois de uma viagem de trem de traficâncias, lenta e monótona, com cadáveres tocando violão e cantando *Tatuaje*, calhou de eu dividir o quarto de duas camas com um preso recém-saído de Carabanchel, rapado, carinha de caveira e vermelho inveterado:

— Amanhã volto a procurar encrenca – soltou.

Talvez fosse maqui, anarquista ou sei lá o quê. "Só espero que você não seja um burguesinho fascista", disse ele.

— Os burguesinhos fascistas nem pisam numa merda de pensão como esta aqui.

E a caveira sorriu com aquela graça que só as caveiras têm. Uma coisa muito tranquilizadora. O que eu não queria era que ele me passasse na faca naquela mesma noite, em sonhos, com a navalha de barbear com que estava cortando, cristãmente, o pão do jantar. Eu disse meu nome e lhe estendi a mão:

— Mariano Armijo, ao seu dispor.

A caveira de gravata parou de sorrir e não fez nenhum movimento. Só então percebi meu erro. Entre foragidos e perseguidos, ninguém diz o nome nem estende a mão, que é um protocolo burguês. "Bom, desculpe, não estou perguntando seu nome. Agora é dormir, e amanhã pegamos por onde der." No dia seguinte, ao despertar (um despertar de trapeiros, garrafeiros e clarins militares), meu caveiroso e cadaveroso amigo tinha desaparecido e sua cama estava perfeitamente arrumada. Sem dúvida ele mesmo a arrumara para não deixar rastros da sua passagem por lá. Eu tinha passado metade da noite vigiando seus movimentos com um olho e a outra metade com o outro. Devo ter pegado no sono ao amanhecer, e por isso não vi quando saiu. Naquela mesma manhã, juntei meus quatro recortes de província, vesti a outra camisa, ou seja, a limpa, e minha outra gravata, ou seja, a passada, e saí para conquistar Madri, aquela Madri de inverno e sangue, de frio e vitória, de doença e velhas – será que Franco tinha fuzilado todas as jovens? – que seria meu reino pelo resto da vida. O café da pensão, uma merda. O desjejum da pensão, café de pó reaproveitado, algum salgado amanhecido e bom dia, *don* Mariano. Eu até usava uma insígnia da Falange no terno, ele mesmo já um tanto disforme. Juan Aparicio era um Mussolini à paisana, ou melhor, um híbrido de militar/paisano, porque Franco, contrariando o que se dizia, ou seja, o Generalíssimo, era bem liberal no quesito uniforme, e havia gente como Eugenio d'Ors, Giménez Caballero ou o próprio Juan Aparicio que inventou o seu próprio, mescla de fascista italiano e *condottiero* renascentista. Juan Aparicio tinha cabeça mussoliniana, embora também um tanto napoleônica, certa doçura abacial nos gestos, e vivia em meio a uma confusão de papéis, jornais, pistolas e uniformes de onde iam saindo umas folhas limpas, barrocas e alegres que faziam boa figura, *El Español*, *Fantasía*, *La Estafeta Literaria* (plagiada de *La Gaceta*, de Giménez Caballero), e assim:

— Mas politicamente, camarada, o que você é?

— Na minha idade e nesta época, acho que só se pode ser socialista de José Antonio.

— Socialista, nacional-socialista. É tudo a mesma coisa, e acho muito bom.

Para mim não era a mesma coisa, mas eu estava em Madri, na minha Madri, disposto a fazer carreira artística, literária, jornalística, o que quer que fosse, e não ia botar tudo a perder por causa de uma nuança.

Juan Aparicio tinha mais energia que aparência, e talvez por isso, e por saber disso, cuidava muito da aparência. Pessoalmente, seus artigos eram de um barroquismo erudito muito compacto, sólido e bom de ler, mas que nunca se sabia ao certo aonde a pessoa queria ir. Um dia ouvi de César González-Ruano, no café Gijón:

— Querido Armijo, leia isto que o camarada Juan Aparicio escreveu sobre mim e me diga se é para eu agradecer ou denunciá-lo na delegacia de plantão.

— Acho que as duas coisas ao mesmo tempo.

Juan Aparicio folheou meus recortes de província, leu por alto minhas cartas de recomendação, prometeu algumas vagas colaborações nas suas revistas e me despachou com a saudação mussoliniana, repentina e enérgica, que eu respondi estendendo o braço (derrubando a pasta no chão) sem jeito e com atraso, porque não estava preparado para o número. Comungados os dois em Mussolini, saí de lá sem saber ao certo se tinha arranjado um emprego, feito um amigo ou perdido meu tempo.

Com certa frequência, víamos Franco entrar sob pálio nas catedrais da cidade. Madri, que oficialmente não tem catedral, teve mil, improvisadas: São Francisco o Grande, com sua riqueza de Goyas; a Almudena, que eram quatro pedras; as Calatravas, as Comendadoras, qualquer igreja de Churriguera em ruínas, que o Caudilho antes bombardeara, e que agora o recebia com pompa e circunstância, esperando a pronta reedificação. O Caudilho reinava assim sobre um mundo de ruínas que ele mesmo havia criado ou destruído, e sua corte eram os bispos, os falangistas, Tarancón, Laín Entralgo, as senhoras de xale, todo o Regime, que vivia como que numa contínua Semana Santa. Franco, jovem e satisfeito, austero na novidade do seu reinado, de barriguinha empinada, um anfíbio de militar e falangista, ostentava a boina vermelha, as luvas brancas, a camisa azul (eu mesmo já usava uma sob o terno civil) e as botas militares. A camisa azul eu comprei na Plaza Mayor, numa loja de uniformes, com sua gravata preta fazendo jogo, e para as minhas posteriores visitas aos hierarcas já fui semifardado, meio monge civil, meio soldado falangista. Madri ia me ensinando coisas.

Aquele Franco que se erguia na ponta dos pés para alcançar sua própria e alta auréola, aquele Franco que rezava em todos os genuflexórios reais das freiras de clausura, era um Caudilho que estava procedendo por acumulação; militares, monárquicos, falangistas, bispos, aristocracia de mantilha e povo comum de boina e entusiasmo bobo. O que ele chamava de Unidade Nacional não era senão a unidade em torno dele, e isso eu via sem maior malícia nem cinismo que os demais, pois acho que todos eram cínicos e, se havia algum ingênuo idealista, não servia para nada e era descartado, como Dionisio Ridruejo.

Mais tarde Franco se trancaria em El Pardo[2], cada vez mais hermético, mas por ora estava tomando posse dos seus reinos bombardeados por ele mesmo, e desta cidade que ele sempre odiara por ser liberal e maçônica, segundo suas palavras; Madri era para Franco a Corte que deixara perder um império, o Império, e isso era algo que Franco não perdoava aos políticos e aos intelectuais de Madri, remontando seu ódio até o barroco século XVII. Eu era um daqueles que, à espera de um emprego, de uma colaboração qualquer, se juntavam ao povo comum nas filas para ver o Caudilho e saudá-lo à romana, como me ensinara Juan Aparicio, porque a fila para ver Franco era como a fila dos ovos, do óleo, da roupa ou do Cristo de Medinaceli, a quem iam pedir coisas os poucos que não precisavam de nada.

Também nessa fila entrei uma vez, sem nada melhor a fazer, e desfrutei durante a espera do perfume fêmea,

2 Palácio Real de El Pardo, residência de Franco de 1939 a 1975.

religioso e intenso das senhoras de bem que faziam fila piedosamente, o erotismo em preto e pálido daquelas vencedoras belas, orgulhosas, agressivas e bem-cheirantes. Já dentro da igreja, o cheiro da vitória confundia-se com o fedor do povo, porteiros do bairro e remotas gentes vindas de Cuatro Caminos, não sei se para misturar--se à festa litúrgica dos ricos, para aparentar um fervor que lavasse seu proletarismo militante da guerra ou para conseguir algo, supersticiosamente, do Cristo generoso.

Ao pé do Cristo olhei seu rosto e me pareceu uma carranca da velha nave da igreja. Eu tinha lido que a Falange era pagã, como o germanismo de Hitler, e era justamente desse paganismo dos falangistas que eu gostava, portanto aquele Cristo roxo e falso só me lembrava as procissões do interior. Eu era falangista, pagão e ateu, e isso eu acabei de decidir ou ver com clareza enquanto beijava o pé, que já tinha uma usada suavidade de réptil, do Cristo de Medinaceli.

E foi naquele beija-pé que encontrei e conheci María Prisca, marquesa apócrifa de Arambol e amante de um ministro do Caudilho, a quem eu havia cedido meu lugar na fila, argúcia que servia para fazer amizades ou amores tanto nessa fila piedosa e elegante como na do bacalhau ou do café. Ela me agradeceu com um sorriso que apenas insinuava toda a explosão de vitalidade e espontaneidade que sem dúvida era possível naquela mulher. Voltamos a nos encontrar junto à pia, na saída, e eu lhe dei água benta. A Espanha estava recuperando os velhos usos fidalgos e cristãos, abolidos pela recente e remota República. Ela me agradeceu a água com outro sorriso e saímos juntos para a rua.

— Estou de carro, com meu mecânico. Quer que o leve a algum lugar?

— Eu ia pegar um táxi — menti.

Achou graça na mentira, e isso a fez decidir me levar com ela.

O carro era um Austin 1935 camuflado de Rolls Royce, o "mecânico" (os nacionais tinham banido a palavra "chofer", por afrancesada) chamava-se Fabián e era apenas um uniforme de lãzinha cinza e um cachaço gordo e saudável sob o boné.

— Fabián, já sabe, para o Clube de Golfe.

E assim, em meia hora, passei da cripta do Jesus de Medinaceli, uma coisa mexicanizada de ex-votos e fetiches, intensa de odores brutais do povo e odores finos da aristocracia, às latitudes amplas, extensas, saudáveis e nubladas do Clube de Golfe, Nortes de Madri, onde María Prisca, marquesa apócrifa de Arambol, tinha suas tertúlias matinais. María Prisca era de uma beleza de fêmea macho, feminina e intensa, como uma Maria Callas em decomposição ou uma Melina Mercouri de cabeleira prateada, sorriso de puta e mãos aneladas de artrose e joias caras, vermelhas e verdes, que me eram e continuam sendo indiferentes.

— Caro Mariano, você é um jovem falangista que me agrada, mas eu agora sou apenas minha cabeleira e o rim que me falta.

E pegou na minha mão com naturalidade, com graça, com uma ternura nascente, e entendi que durante não sei quanto tempo eu seria refém daquela mulher. Depois de termos atravessado de carro a derruída Cidade Universitária, ficamos olhando, de uma mesa externa, os verdes preguicentos, tediosos e anglo-saxões do golfe, esporte que María Prisca nunca praticava, felizmente, portanto nem tentou me ensinar. Ela só ia lá por causa do bar. A todos os lugares de Madri e do mundo (Chicote, Veneza, Paris, La Coupole, Montecarlo, Pasapoga, Miami, café Gijón), ela ia por causa do bar. O bar do Clube de Golfe,

Nortes de Madri, margens molambentas, abarracadas e doentes do invisível Manzanares, era uma ofuscação de brasões e troféus, mesmo naquela manhã de azul pálido, no alto, como um azul que tivesse esquecido o conceito de azulidade, uma névoa medíocre nas ruas, que a todos tornava mendigos (e eram mesmo), e um janeiro civil, urbano, triste, derrotado e vadio que se refugiava nos cafés de café com leite e meia torrada. A coisa heráldica e prateada que reinava naquele bar fazia com que o dia nunca fosse nublado ali dentro, porque a prata das taças e o ouro dos diplomas e das medalhas acendiam um sol interior fabricado com a acumulação dos mais fugazes reflexos de luz do exterior. Entendi naquela manhã que o dinheiro e o luxo podiam forjar até mesmo uma primavera particular para os fregueses de um bar caro.

— Agora meu marido, o cornaço do Arambol, diz que vai cortar a pensão do colégio e das meninas.

— Que mesquinho.

— Mesquinho? Um grandessíssimo filho da puta!

— Foi ele que largou a família.

— E você cuida das meninas.

(Na verdade, ela as despachara a um colégio interno na Escócia, para sempre.)

— Coisa de cafajeste miserável.

Todos davam razão a María Prisca na sua querela familiar. Não por ser a separada de Arambol, mas sim por ser a amante de Sancho Galia, ministro pau pra toda a obra do Generalíssimo, que vivia passando de uma pasta a outra, sem contar suas periódicas e letárgicas colaborações na imprensa.

Aprendi naquela manhã no Clube de Golfe, vésper interior, que a amante de um ministro, assim como a de todo grande homem, é sempre mais respeitada e ilustre que a própria esposa, pois se entende que tem mais poder sobre ele. O vermelho dos martínis, o ouro velho do uísque, o xilofonismo alegre das taças, das pratas e das luzes davam um sossegado fragor de atualidade à tertúlia de María Prisca:

— Desculpem o Mariano, mas ele precisou ir a um ato universitário e não teve tempo de se trocar. Fez isso por mim.

María Prisca pedia desculpas por minha camisa azul, muito malvista por todos aqueles monárquicos, embora fosse eu quem levasse o xale, stendhalianamente, à marquesa apócrifa e separada de Arambol. Eu era respeitado. Mas descobri, com um secreto e inexplicável alívio, que em certas plagas madrilenhas era melhor não vestir a camisa azul. Eles usavam colarinho duro ou mole, mas sempre elegante, negligente, grato. Comecei a duvidar da minha estética de intempérie, tão falangista. O fato é que eu estava bem desmazelado.

Voltaríamos outras manhãs àquele bar espaçoso e grato do Clube de Golfe, que era como um iate secreto e encalhado nas águas sujas, mordentes e feias do franquismo. Estes são os que têm o dinheiro, o país, as chaves do poder, tudo, pensei, e nós os falangistelhos somos quatro gatos-pingados que andamos bravateando pela rua. A guerra não mudou nada, e essa marquesa de merda não vai durar para sempre, mas é o que tenho no momento.

Pela rua havia uns meninos fantasiados de falangistas, com o correame absurdo e a boina vermelha, que me faziam a saudação fascista, como a todo adulto de camisa azul e com algo patriótico na lapela. A maioria eram filhos de porteiras, que se filiavam à coisa porque ganhavam botas e sapatilhas, e assim podiam parar de ir à escola de alpargatas. Sorriam para mim como se eu fosse José Luis de Arrese, e seu sorriso era um jogo de dentinhos curtos, frágeis, descalcificados. Não parece que daí possa vir o super-homem nietzschiano de Hitler, eu pensava.

Os desfiles religiosos, com o carnaval das confrarias, e os desfiles cívicos, com as bravias amazonas da Seção Feminina[3], sempre enchiam as ruas madrilenhas. Havia loiras cacheadas, havia morenas com risca ao meio, à sombra imperial e luminosa das bandeiras, e aquelas senhoritas me excitavam muito, como sempre a mulher vestida de homem, coisa que Lope de Vega já sabia.

Havia aparições de *doña* Carmen Polo de Franco, com grandes chapéus aviônicos e colar de pérolas no pescoço, e havia futebol, muito futebol, com a fúria nacional reforçada por estrangeiros de nomes difíceis, como Molowny. Dionisio Ridruejo passava as manhãs no café Comercial, rotunda de Bilbao, escrevendo coisas contra Franco e a favor da Falange. Penso agora que ele ia escrever suas coisas num local público para que seu protesto ganhasse assim maior aura de bravura a peito descoberto. Ridruejo era bonito, baixo e orgulhoso. Envolvia o pescoço com grossos cachecóis de pastor soriano e tomava uísque com o café. Escrevia a prosa com facilidade e os sonetos com dificuldade, e isso saltava aos olhos, mas estava empenhado em ser poeta, como tantas outras coisas que não era:

— Vem cá tomar um café, Armijo, sei que você vive numa pensão e passa fome. Mais do que isso não posso fazer. Já não tenho poder em lugar algum, muito menos nas revistas ou nos jornais que eu mesmo fundei.

— Porque você saiu.

— Ou porque me enxotaram. O que dá na mesma.

Ridruejo era um mito para nós, os jovens da Falange eterna, os falangistas que ainda acreditávamos em tudo.

---

3 Braço feminino da Falange.

Para mim, exatamente, a Falange, assim como todo o nazismo, era uma crueldade necessária, e eu repetia a mim mesmo a frase de Marinetti: "A guerra, única higiene do mundo". Com essa frase eu justificava minhas prostituições a Juan Aparicio, a María Prisca e muito mais. Ridruejo, sim, era um mito errante, um novo Ausente, um mito de cachecol e tosse, de prosa e vaidade, daquela vaidade incurável dos baixotes.

— É que eu tenho uns poemas para fazer um pequeno livro e gostaria muito que você escrevesse o prefácio, Dionisio.

(Entre nós vigorava o "você" dos camaradas.)

— Outro dia escrevo seu prefácio. Agora estou acabando umas coisas aqui, porque na semana que vem vou para a Divisão Azul[4].

— Ah, já ouvi falar da Divisão Azul. É ideia do Serrano Suñer, não?

— Bom, Arrese escolheu o nome. Você devia vir comigo.

Eu ria por dentro, com cócegas na barriga.

— Para a Rússia, para ser esmagado pela besta do Stálin?

— Para esmagar o Stálin, na verdade. Para lá só vão os puros, os verdadeiros, os limpos, os josé-antonianos.

Mas eu queria ser falangista em Madri, no mais confortável da Falange, Alcalá, 44[5], o jornal *Arriba*, o poder político e o poder literário. Se já tínhamos ganhado a guerra contra o comunismo em Madri, para que ganhá-la outra vez na Rússia?

— Isso que é bulir com o tigre no seu covil, Dionisio.

---

4 Unidade militar de voluntários espanhóis e portugueses que se uniram a Hitler com o intuito de lutar contra o comunismo.
5 A sede da Falange, fundada em 1937, ficava em Madri, na rua Alcalá, número 44.

— Madri está empestada de militares e bispos.

— Por isso temos que lutar aqui mesmo. Você tem lido as minhas coisas em *La Estafeta*? – perguntei num rasgo de vaidade.

— Tenho, sim. Você escreve bem, seus escritos têm vida, mas acho que você está nadando entre duas águas. Um falangista deveria ser mais ousado, mais sincero. Sobretudo um falangista jovem.

— É o que Juan Aparicio permite.

Ele me olhou através da fumaça do seu cigarro, com um olhar crítico, fino, iluminado de álcool e verdade:

— Será que você não é um cínico, Armijo?

O café Comercial era uma paz de espelhos e funcionários, naquela hora. A rotunda de Quevedo era um desfile de bondes equilibrando-se sobre os vazios deixados pelas bombas de Franco. A porta do café girava com um rumor agradável, trazendo porções de rua e de frio.

— Não, não sou um cínico, camarada Ridruejo, mas para a Divisão Azul não vou, mesmo.

E saí do café sabendo que aquele homem nunca escreveria o prefácio para meus poemas. E pouco me importava.

Dois

Celia Gámez aparecia algumas noites no Chicote. Ainda não se casara vestida de Virgem e era a amante de Millán Astray, que depois seria seu padrinho de casamento e até guarda da Ordem Pública, com a caveira metralhada como uma catedral românica, o chapéu de gângster, um único braço para dar à noiva e uns sapatos de tacão com polainas que punham um pedestal dândi e circense à sua derruída humanidade legionária e amarrotada.

Eu ia ao Chicote pela mão de María Prisca, quando saíamos à noite, e lá estava Manolete presidindo uma tertúlia de silêncio, com aquela elegância de morto que ele tinha, quando nenhum touro ainda pensava em matá-lo, se é que os touros pensam essas coisas. Lá estava Fernando Fernán-Gómez, um ruivo intelectual, ator com graça e diziam que com muito futuro. Algo assim como um protegido de Jardiel Poncela. Jardiel também aparecia lá algumas noites, bêbado e anão, engraçado e feio, iniciando às tontas uma revolução estilística do humor que depois seria depurada por Tono e Mihura. Miguel Mihura, madrilenho, coxo e triste, não me contava as piadas de *La Codorniz*, mas me disparava uma "epístola moral a Fabio", com aquela seriedade atroz dos humoristas, que só o são de ofício, os bons:

— Olhe, Armijo, tudo isso é mentira, piada, festa. Eu me safei da guerra graças a esta perna aqui, mas colaborei com os falangistas, fiz *La Ametralladora*, e agora, em *La Codorniz*, peguei o humor branco dos italianos Mosca e Pitigrilli, porque não deixam criticar nada, nem vale a pena. Estou vendo que o senhor já fisgou ninguém menos que a Arambol, que tem o arrimo do ministro. Aproveite, Armijo, ganhe dinheiro, viva bem, publique e enriqueça, que foi para isso que ganhamos a guerra da Espanha. Os políticos são todos uns miseráveis, e os militares, umas bestas. Vocês, falangistas, não têm nada que fazer aqui, não entenderam isso, salvo esse Girón aí, que bancou o valentão no Alto del León[6] e agora é cotado para ministro. Minha revista está de portas abertas para você, Armijo, pois gosto do seu jeito para a prosa.

O tal Girón, um gordo balofo, desfilava de bigodinho e cabelo josé-antoniano, com o negro uniforme completo e folgado, e contava para as putas do Chicote, as mais caras de Madri, que ele ia enquadrar Franco e impor-lhe a revolução social, "porque sou um almofadinha socialista de Valladolid". "Se eu não chegar a ministro do Trabalho, me capo."

Naquela noite, tive certeza de que ele chegaria lá.

Miguel Mihura era meigo e malvado, arredio e generoso, genial e bom, e acho que a coxeadura repercutia em toda a metade da alma do lado da perna ruim, fazendo dele um ressentido na sua genialidade, obstinado numa maldade mais teórica que factual. Costumava andar com uma moça muito bonita e muito do povo chamada María Antonia Abad. Ele e Enrique Herreros lhe deram o nome artístico de Sarita Montiel, por ser dos Campos de

---

[6] Local estratégico tomado pelas forças franquistas com reforços falangistas no início da Guerra Civil. Dava acesso a um cume de onde era possível observar as províncias de Madri, Segóvia e Ávila. Foi palco de batalhas até o final da guerra.

Montiel, uma manchega determinada e saliente. Andava muito com o grupo de *La Codorniz*, e eu não sabia se ela era comida por todos ou por ninguém. Mihura foi um dos meus pais literários daqueles anos, um mestre em cinismo, assim como Cela, que logo vai entrar em cena, foi meu mestre em energia.

Mas Juan Aparicio achava que *La Codorniz* era uma revista ácrata, desagregadora (tinha ciúme profissional) e me proibiu de escrever lá, mesmo que fosse sob pseudônimo: "São uns almofadinhas frívolos e decadentes; por aí você não vai chegar a nada, camarada Armijo. Ou eles, ou eu. Quem não está comigo está contra mim".

Ou seja, Madri não era tão fácil assim.

Minha María Prisca, marquesa apócrifa de Arambol, amante oficial do ministro Sancho Galia, estava numa tertúlia de poetastros comunistas. Dera um jeito de encaixar seus pupilos no Ministério de Obras Públicas, sobre o qual ela tinha muita influência, todos como escreventes, e passavam o dia inteiro rascunhando poemas contra o nacional-franquismo, até a hora do café. Eu me iniciava no uísque e pensava que cada geração tem não apenas suas ideias, seus homens, seus nomes e suas modas, mas também suas ruas. Para aqueles de 98[7] e da República, pensava eu, tudo acontecia na rua de Alcalá, entre o café Fornos e Puerta del Sol. Para estes outros, tudo acontece na Gran Vía, entre o Chicote e o Pasapoga. Parecia até que Franco, mais que conquistar Toledo ou Barcelona, queria conquistar a Gran Vía, que já é a rua dos grandes desfiles, mais que o Paseo de la Castellana, tão monárquico. Madri, antes da guerra, era o Fornos, o Ateneo e o Cortes. No Ateneo paravam os republicanos, no Cortes, os monárquicos e no Fornos, as putas. Portanto aquilo

---

7 Referência à Geração de 98.

era um pouco mais ameno e variado. Agora é que não saímos do Chicote, vendo Manolete bocejar de boca fechada, morto de nojo. María Prisca, já muito bêbada, me pegava pelo braço para me levar para casa (para que eu a levasse, a bem da verdade) no seu Rolls/Austin que esperava na porta do Chicote (tudo nela era falsificado, desde o carro até o título de nobreza), e deitava a cabeça no meu ombro, falando com a lucidez do uísque: "Vejo que você tem bom trânsito no Chicote, misturado com Mihura e os seus, os que importam, os que podem te ajudar, e é por isso que te trago aqui". "Deixe disso, María, não me proteja tanto." Mas ela já estava dormindo no meu ombro.

A depuração da Espanha vai por bom caminho, patrãozinho Armijo, sei disso porque levo a conta na ponta do lápis, feito o livro-caixa, igualzinho, Córdoba está na frente, por ser comunista e vermelha, com 6 mil depurados, mediante fuzilamento ou outros sistemas, isso sem contar a justiça que o povo faz com as próprias mãos, em La Coruña já vão pelos 3 mil, 5,5 mil em Valência, em Málaga *don* Carlos Arias Navarro está fazendo um belo trabalho, como um perfeito cavaleiro da Justiça, e em Valladolid, com o governador Romojaro, *don* Tomás Romojaro, também andam rondando os 5 mil, e isso que Valladolid era uma cidade dos nossos, mas aqui em Madri, que é que eu posso lhe dizer, patrãozinho Armijo, pois o senhor sendo jornalista deve saber mais, eu recebo notícias de toda a Espanha, que por ser mais velha tenho parentes e cunhadas em quase toda parte, e estão todos bem avisados para me manterem a par do que se faz em cada província, pelo bem da Espanha, os jornais daqui da capital até mostram um pouco disso, mas a verdade é muito mais bonita, vocês, jornalistas, deviam fazer mais para contar a verdade verdadeira, mostrando como está sendo a saudável depuração de Franco, e as minhas contas, quando quiser, saiba que estão à disposição para o senhor publicar, que ia ser uma alegria para os espanhóis de bem e um aviso para esses vermelhotes que andam escondidos por aí, é uma maravilha o que fizeram em Alcalá de Guadaíra, mesmo que pareça um fim de mundo, e em Paracuellos demos o troco a Santiago Carrillo, esse satanás que agora deve andar pelas parises, e que é feito do couro do diabo. Enfim, não quero atrapalhar seu café, patrãozinho Armijo, acabe de tomar sossegado, mas eu sei que como jornalista e como falangista o senhor gosta de ouvir essas notícias, todas bem confirmadas, como eu já disse, e para a semana devo receber mais algumas.

(*Doña* Aquina, a dona da pensão, era uma nacional de bobes na cabeça e olhos lacrimosos. Suas lágrimas se iluminavam de júbilo, suas cataratas transbordavam de orgulho todo santo dia, no café da manhã, enquanto declamava a lista de depurações do pós-guerra por toda a Espanha. *Doña* Aquina, malfeita de corpo, cachinhos cinza escapando por baixo dos bobes, penhoar em matelassê, como de mulher de taxista, me mantinha bem a par dos números e dos mortos, caso eu quisesse repassá-los a Juan Aparicio. Os republicanos tinham fuzilado seu pai e seu marido, pelas bandas de Teruel, e ela tinha vindo botar uma pensão em Madri, que remédio? Sua rede de informação sobre os justiçados mediante garrote vil, ou mediante fuzilamento discricionário, era uma rede muito completa e eficiente, uma vasta trama de parentas, cunhadas, viúvas de guerra, ex-criadas e fofoqueiras ágrafas que ditavam as cartas para o marido e anexavam recortes da imprensa local. Em seguida, *doña* Aquina, já mais reconfortada depois do Correio da Morte, vestia um casaquinho de pele surrado e ia para o mercado com a criada, fazer a compra do dia, mais reconciliada que nunca com a Espanha do Caudilho vingador. Nos dias de maior saldo de mortos, *doña* Aquina até comprava pescadinha para os pensionistas, que era o mais caro. "Franco está fazendo justiça e temos que comemorar.")

E eu ia para a rua, cuidar das minhas colaborações, depois do desjejum de mortos. Madri cheirava a gasogênio e colônia de puta. No escritório de Juan Aparicio eu às vezes topava com García Sanchiz, uma espécie de cavalgadura de testa estreita que "espanholeava" por conta própria e era pago por vários ministérios, e até pela campanha do chapéu, baseada no slogan de que os vermelhos não usavam chapéu. Ele andava sempre com um que parecia de fazendeiro enriquecido, de pampiano castiço ou de prefeito partidário de Sagasta. A guerra de Hitler, sua campanha triunfal, parara na Rússia. Stálin tinha muito mais exército do que se calculava, e a neve da tundra era uma armadilha branca e imensa para Hitler, como antes fora para Napoleão. Eu pensava no poeta Dionisio Ridruejo, que tinha ido com a Divisão Azul sem escrever o prefácio para os meus poemas e que de vez em quando mandava crônicas líricas da guerra para o *Arriba*. Ele contava que, ao passar pela Alemanha, tinha visto muitos judeus, com seu estigma amarelo, "os judeus, em grupo, nos repugnam, essa que é a verdade", dizia. Pelo jeito, meus poemas, em grupo, também o repugnavam. Os russos tampouco usavam chapéu, porque iam todos de militar, a começar por Stálin, com uniformes muito brancos, como apêndices cintilantes da neve ensolarada. Insinuei a Juan Aparicio que a campanha da Rússia se atravancara:

— Estou achando, camarada, que a campanha da Rússia se atravancou um pouco.

— Não fale merda do que não entende. Você é um jovem estilista que devia escrever com mais colhão.

Essa história de "jovem estilista" me lembrava o pequeno escrevinhador florentino Edmondo de Amicis, que em criança líamos na escola. Era isso que eu era, um pequeno escrevinhador florentino à procura da mãe, ou seja, da glória.

Tcheká, de *Tche* e *k*, letras iniciais da denominação russa. Comissão Extraordinária de Combate à Contrarrevolução e Sabotagem. Foi criada pelos bolcheviques em 1918, substituindo a *Okhrana*, ou polícia secreta tsarista, para combater a contrarrevolução. Em 1922 foi substituída pela GPU, órgão similar que também atuou em outros países, submetendo os detidos a torturas cruéis. A Tcheká, adaptada a grafia, é o local onde esses órgãos funcionavam. Na Tcheká da Porlier, os vermelhos aprontaram das suas (rua do General Diez Porlier, mais tarde Hermanos Miralles, falangistas que morreram bravamente defendendo os campos de Burgos). Na Hermanos Miralles, 36, morava *don* Antonio Buero Vallejo, escritor carcerário de esquerda que, por uma peça, ganharia o prêmio Lope de Vega, de direita. Na Tcheká da Porlier, quando os nacionais tomaram Madri (ambos os lados utilizaram as mesmas instalações, para que gastar com mudança?), exorcizaram de maçonismo o desenhista Demetrio, que era uma bela pessoa e desenhista de lindas senhoritas em pelo para os livrinhos pornográficos ou picantes de antes da guerra. Demetrio seguiu à risca todo o processo ou liturgia do exorcismo, para salvar a vida, até que lhe sugeriram espumar pela boca, para dar uma imagem bem gráfica de que estava expulsando o demônio. Até aí não chegavam os dons dramáticos de Demetrio, mas um padre inquisitorial e samaritano lhe ofereceu uma lasca de sabonete que ele deveria pôr embaixo da língua para produzir abundante espuma. E assim saiu o licencioso e maçonaço Demetrio do transe da purificação, livrando-se para sempre do demônio, inquilino muito incômodo quando a gente o leva dentro. Pela Tcheká da Porlier passou José Hierro, um jovem com olhos de tigre, cabeça prussiana, coração republicano, pai morto pelos nacionais num telhado, e poeta posterior. Ninguém sabe ao certo (talvez nem ele mesmo) como José Hierro se safou do fuzilamento na Tcheká da Porlier. Pela Tcheká da Porlier passou o vermelho Zugazagoitia, este com pior destino, porque não escapou do "passeio"[8] e do fuzilamento de madrugada. Sabe-se que acumulava mais crimes. *Don* Tomás Borrás, fino estilista da Falange, descendente de Valle--Inclán através de Agustín de Foxá, escreveu *Checas de Madrid* [Tchekás de Madri]. O livro está cheio de revelações e exageros. *Don* Tomás Borrás era alto, bonito e maduro moço que eu via nos cafés literários de Emilio Carrere, que se casara com La Goya, grande cançonetista que marcou época, como se costuma dizer. *Don* Tomás Borrás ia firmando-se como estilista, e na Tcheká da Porlier meus camaradas torturavam, matavam e interrogavam com uma sanha digna do venerado *don* Adolfo Hitler. Curiosamente, o interrogatório era mais temido que a tortura. Devia ser mesmo um interrogatório muito peculiar. Dos tsares ao sr. Zugazagoitia, as Tchekás de Madri ostentavam uma belíssima história de sangue espesso e artes de trinchar. María Prisca fode apressada e dramática, María Prisca fode fogosa e catastrófica, María Prisca parece prestes a expirar em cada orgasmo, e eu sentia como se a crucificasse quando simplesmente gozávamos. María Prisca, enfim, é uma mulher quente, ardente, de resposta sexual fácil, e como já disse *don*

---

8 Durante a Guerra Civil e a ditadura franquista, chamava-se *paseo* o sequestro das pessoas e seu traslado para o fuzilamento.

Ramón del Valle-Inclán (eu tinha que citá-lo mais uma vez): "Ah, mulheres ardentes, como é fácil enganá-las". Porque, como têm prazer por si mesmas e em si mesmas, contentam-se com qualquer coisa. María Prisca faz antes de cada foda um longo prólogo de uísque, conversa e intrigas de El Pardo. María Prisca faz depois de cada foda um epílogo de mais uísque, já servido na cama por Angelo, seu *valet*.

Três

Manuel Rodríguez, o Manolete, parava toda noite no Chicote, presidindo uma tertúlia de silêncio com sua elegância de morto. Manuel Rodríguez, o Manolete, negou-se a tourear no México sob a bandeira republicana, e com isso tornou-se o grande toureiro do franquismo. Manuel Rodríguez, o Manolete, em algumas manhãs anônimas, em algumas tardes sombrias, toureia vermelhos nas praças de touros transformadas em prisões. E os estoca, atendendo aos apelos da torcida. Dionisio Ridruejo, na lonjura branca da Rússia, era um mito de tosse e decassílabos. Sabíamos que ainda não o tinham matado pelas crônicas que enviava ao *Arriba* e porque, obviamente, a Divisão Azul nunca entrava em combate. *Don* Adolfo Hitler, quando viu que os espanhóis mijavam dentro do capacete, durante a marcha, e devoravam a ração de manteiga de toda uma semana numa única merenda, decidiu que nem os espanhóis nem os italianos serviam para conquistar o mundo. Manuel Rodríguez, o Manolete, tinha uma namorada, a atriz mexicana Lupe Sino, com quem era visto algumas noites no Chicote. O Chicote era um local anos 1920-30, entre cubista e proxeneta, que abrigava as melhores putas da Espanha, todas de Mansilla de las Mulas, província de León, aldeia que dá boníssimas, abundantes e trabalhadeiras putas. Na

Tcheká da Porlier estive com María Prisca, para identificar um maqui que, conforme sua própria confissão, me conhecia. Olhamos para ele através de um ralo. Era o presidiário careca daquela noite, na pensão de *doña* Aquina. Eu podia ter dito que não o conhecia e salvá-lo, mas disse que sim, e o condenei à morte. Fiz isso por medo de encontrá-lo em liberdade por Madri. A consciência me doía como um dente podre, mas, na saída, o *vison* de María Prisca envolveu os dois com seu calor e seu perfume, que era o dos vencedores. "Você se portou como um homem", disse María Prisca, com um beijo de Lucky na boca.

Conchita Leonardo, grande vedete da época, tinha imposto um tipo de espanhola: longa cabeleira sobre o *vison*, cortada à la *Arriba España*, meias de náilon, soquetes brancas e sapatos de salto alto. Madri estava cheia de Conchitas Leonardo. Eu saía de manhã a uma Madri de bondes e castanheiras à caça das minhas colaborações, meus pagamentos, minhas coisas, ou para visitar Juan Aparicio.

Aparicio me encomendou uma vez uma entrevista com *don* Carlos Arias Navarro, o qual, como já se relatou aqui, estava conduzindo com grande fineza a depuração em Málaga. Arias Navarro estava de passagem em Madri. Era um homem formal, quase tímido, de bigodinho falangista, certa elegância civil e penteado bem colado na cabeça. Ele me disse que estava fazendo em Málaga o que o Caudilho chamava "limpar os porões da Espanha", na sua linguagem marinheira. Citei algumas cifras de fuzilados, e ele as confirmou. "O senhor está muito bem informado, jovem." Não expliquei que os dados provinham da dona da pensão onde eu morava, mas, quando *doña* Aquina viu a entrevista publicada, sua euforia foi tamanha que me substituiu os filés vegetais (empanados) por filés de carne de cavalo, o que já era um salto qualitativo na minha alimentação. Melhor cavalo que couve, pensava lá comigo. E lembrei que alguns cadáveres de executados eram jogados aos mouros de Franco, que comiam carne humana. Melhor filé de cavalo que de comunista, pensava eu na mesma linha. Não sei se alguma vez os açougues chegaram a vender carne de fuzilado, com o pseudônimo de cavalo, porque ambos os materiais são igualmente borrachentos e insípidos.

Portanto minha entrevista com o depurador de Málaga e província foi um sucesso de público e crítica. Aparicio me deu os parabéns.

Eu costumava almoçar, quando não tinha algum convite ou coisa melhor, nem tempo ou vontade de voltar à pensão, em algum tabernão de pedreiros, e minha camisa azul impunha ali um silêncio popular, um respeito excessivo e um bom trato que me privilegiava contra minha vontade. Eram mesas compridas, de madeira crua, e cada um se sentava onde restasse um lugar vago. Pedreiros, chapistas, porteiros do bairro (os mesmos que tinham denunciado para o "passeio" o advogado azañista[9] do terceiro andar) compartilhavam comigo, ou eu com eles, o honesto cozido da casa. Os porteiros, bajuladores como são, me dedicavam algum elogio indireto, comovidos por minha camisa azul e minha pasta preta (que continha apenas recortes de jornal e uma maçã). Os pedreiros, mais do puro povo, guardavam silêncio e se notava que viam em mim um espião do Poder, ou coisa pior. Só depois de alguns dias de assiduidade é que rompiam a falar na minha presença, e aí brotava, borbotão de povo limpo e puro, sua palração anárquica, alegre de vinho ruim e quente de palavras fortes. Eu não deixava de admirá-los, de gostar deles, mas em seguida dizia a mim

9 Referência a Manuel Azaña (1880-1940), presidente da Segunda República Espanhola de 1936 a 1939.

mesmo: perderam a guerra, que se fodam, não há outra lei senão a seleção do mais forte, se os vencedores fossem eles, estariam me arregaçando, ou eu já seria um cadáver largado num terreno baldio, ou um fuzilado no paredão, onde tanto se fuzila, comido por esses cachorros que uivam de noite para a lua cheia do medo (porque o cachorro vira lobo e uiva quando há guerra, pois ele sabe disso, e quando há fome e quando há lua). Pelo visto esses não assimilam o sindicato vertical. E quando ainda havia eleições sindicais, votavam em Conchita Leonardo e Trudi Bora, dona de coxas germânicas, olímpicas, caçoando assim da democracia orgânica e anulando todas as votações.

No início da tarde eu aparecia no café Gijón, que era um primor antigo e desconjuntado de café fim de século, com grandes espelhos e longos divãs cansados. Lá eu iria conhecer Camilo José Cela, alto, magro e enviesado, com um quê do seu próprio *Pascual Duarte*, então triunfante. Era o tipo que tanto podia rasgar sua cara com um trinchete como rasgar sua alma com uma metáfora. Um perfeito jovem mestre de energia. E conheci César González-Ruano, um perfeito velho mestre de ceticismo, com uma prosa fina e culta demais para a época de improvisação que ainda vivíamos. E conheci Gerardo Diego, o único franquista da Geração de 27[10], que acabava de escrever aquele seu "Ovo de águia, Franco no meio". Gerardo era tímido (um *loquitonto*, segundo Juan Ramón), pisca-pisca, aparvalhado como Azorín, tauromáquico e sentimental, avarento e boa pessoa. Quando

---

10 Grupo de escritores e poetas que se destacou pela renovação e modernização da poesia espanhola – entre seus integrantes está o poeta García Lorca. Reuniram-se, em 1927, para homenagear os trezentos anos da morte de Luis de Góngora, expoente da literatura barroca da Idade de Ouro.

deixava cair os 10 centavos da gorjeta, dizia ao garçom: "Procure aí no chão, embaixo do sofá". E conheci Antonio Buero Vallejo, autor de esquerda com um prêmio de direita, precocemente hepático, mas hepático da alma, egoísta de si mesmo, possibilista de corcunda prematura, noivo frustrado de María Jesús Valdés, protetor do músico vermelho e cego Rodríguez Albert, a quem ele encomendava a música das suas peças, e a quem depois traiu, trocando-o por um compositor italiano e dando lugar a que o músico o xingasse de fascista, mau amigo, cornudo, cheio da ira santa dos cegos. Mas a verdade é que no Café conviviam muito bem a esquerda e a direita, compartilhando a jarra de água e o torrão de açúcar, e falando só de literatura, nunca de política, pois todos eram jurados de morte por uns ou por outros.

No meio da tarde era preciso aparecer no Ateneo, que também era vigiado à distância por Juan Aparicio, onde os falangistas tinham plantado uma atividade sombria e marcial entre os velhos quadros e as meditabundas poltronas, naquele clima "liberal" que eles tanto odiavam. Para mim, o Ateneo cheirava a pensão, mais exatamente à minha pensão, a de *doña* Aquina, só que uma enorme pensão com divãs outrora de boa família e algum velho boêmio histórico, de antes da guerra, como Mínguez ou Ybarra, que a Falange respeitava por falta de suspeitas e para preservar a cor local da casa. Mínguez era aquele que dissera a um menino turbulento que a mãe intelectual levava ao Ateneo:

— Quando será que vamos ler no jornal que você subiu ao céu, bonitinho?

Na biblioteca tinham expurgado muitos poemas de García Lorca, e no salão de conferências havia um busto de José Antonio e outro do Caudilho. Ali falavam muito Jesús Fueyo, Jesús Suevos e outros budas do Novo

Estado[11], e até falou um dia um jovem estudante, violento, informado e de dialética vertiginosa, chamado Fraga Iribarne, que cortava o cabelo como os alemães e depois ganharia fama por cobrir de almagre as pernas de Rita Hayworth, tão líricas, em todos os cartazes de *Gilda*.

No Ateneo podia-se petiscar barato, entre opacos opositores ou entre casais de opositor e opositora que começaram a namorar na faculdade de Direito Mercantil, assim como outros haviam começado no parque de El Retiro. Todas as conferências eram políticas e tirantes a comícios, exceto quando falava Agustín de Foxá ou Eugenio d'Ors, que eu nunca perdia, o primeiro pela força luminosa das suas metáforas e o segundo pelo feitiço da sua dicção.

Don Eugenio d'Ors parava algumas tardes na galeria Biosca, rua Génova, inaugurando alguma exposição, tentando dotar de uma estética própria e digna aquele Estado Novo que protegia uma arte velha, da poesia à pintura. Entre o público sempre havia algum falangistelho, facção salsinha (que também tínhamos desses afeminados), acariciando os quadros com mão floral e dizendo "que textura, Alfonsito, olha que textura". Uma tarde, um desses meninos josé-antonianos, metade freira (não monge), metade soldado, abordou o mestre com uma pastinha de desenhos. Tudo eram anjos delicados, assexuados ou femíneos. E *don* Eugenio, papesco, com sua voz nemorosa:

— Está bem, camarada, mas os anjos eram mais viris.

Depois para o Chicote, encontrar com María Prisca, e por fim o que a noite oferecesse. Às vezes passava no *Arriba*, rua de Larra, para entregar uma colaboração. O *Arriba* era o papagaio da telefonista e a pistola de

---

11 Denominação do Estado formado na zona nacional durante a Guerra Civil, utilizado ao longo da ditadura de Franco.

Ismael Herráiz sobre a mesa. Ismael Herráiz dirigia o jornal (no lugar onde antes funcionava *El Sol* orteguiano[12], expropriado) com uma inteligência macho, com uma camaradagem de pistola e uísque que muito me admirava. Uma noite entrou Azorín para entregar seu artigo e saudou a redação com o braço em riste:

— *Arriba España!*

Gargalhada geral.

— Mas, mestre, isso aqui não se usa.

Pouco depois, Azorín faria um discurso para um retrato equestre de Franco, de Vázquez Díaz, no museu de Belas Artes, sobre "os povos governados a cavalo". Azorín era um covarde que começara como anarquista. Sempre que o via, eu me lembrava da definição de Azaña: "O Azorín não articula, não fia dois pensamentos". Azorín costumava ficar em casa. Só saía para ir ao cinema. Baroja também saía pouco, e mais adiante contarei a visita que lhe fiz, ou melhor, vou contar agora mesmo.

Fui lá com Juan Aparicio, os dois de uniforme, para lhe entregar a carteira de jornalista. Era um velho egoísta, como todos os velhos, com momentos de um humor muito pessoal e momentos de pequenos ressentimentos. Ele nos disse, muito gentil:

— Antigamente, eu descia aí no Retiro, que fica bem perto, para passear um pouco, mas agora andam pela rua esses malditos falangistas e não me arrisco mais.

Juan Aparicio disse que a Falange o respeitava muito e soltou um discurso nacional-sindicalista e imperial.

---

12 *El Sol* foi um jornal editado em Madri entre 1917 e 1939, que contava com a colaboração do filósofo e ensaísta José Ortega y Gasset (1883-1955). Durante a Guerra Civil, converteu-se em órgão do Partido Comunista.

Quando recebeu a carteira, Baroja nos encarou e perguntou com malícia:

— Quanto lhes devo?

Giménez Caballero tinha organizado um livro com fragmentos de Baroja, *Comunistas, judíos y demás ralea*. Saiu um livro nazista, e Baroja dizia que era coisa do Giménez Caballero, mas ele recebia os direitos e nunca denunciou a edição. Da Geração de 98 restavam Azorín e Baroja; e da de 27, Gerardo Diego[13], de quem já falei. Das vanguardas, Ruano, e, já entre os novos valores, Cela. O resto era eloquência falangista, um renascentismo requentado, um Machado que a Falange confiscou caprichosamente e o outro Machado, *don* Manuel, a quem levei meu livro de versos, quando finalmente saiu, e ele logo derramou seu café em cima do livro. Eu gostava mais do cinismo modernista do Rubén Darío sevilhano que do seu irmão Antonio, tão cívico, tão casto e tão chato.

María Prisca e eu estávamos no Chicote, numa das poltronas semicirculares, saboreando aquela inefável satisfação do casal depois de uma tarde de amor e loucura. Relaxados, leves, felizes. Angelo, o criado, devia nos espiar na hora do gozo, pois sempre entrava logo em seguida, com o par de uísques, ouro em bandeja de prata, e olhava minha bunda. Eu já ia ficando um tanto farto de ver Angelo olhando minha bunda, porque minha bunda também não é lá essas coisas:

— O uísque, senhores. Desculpem, senhores. Obrigado, senhores.

María Prisca, marquesa apócrifa de Arambol, e eu estávamos protegidos, resguardados por uma das poltronas circulares do Chicote, que se isolavam umas das outras, quando entraram os jovens poetastros do

---

13 Aleixandre e Dámaso viviam em "exílio interior". [NOTA DO AUTOR]

Ministério de Obras Públicas, os funcionários de María Prisca, com seu cheiro de pensão e Karl Marx. Ela nos apresentou, pela terceira vez. Todos eram grisalha, aridez e sovietismo. Mas para mim não tinham a menor importância. Um deles, Juan Bosco, gordo, jovem, barbado, cabeludo e lento, bem cantábrico, era o melhor poeta do grupo, o mais ambíguo e o mais perigoso. Eu podia apostar que ele se deitara com María Prisca. Ou que continuava se deitando. Não entendia como um homem tão jovem podia ter tanta barba. Estava emboscado nas Obras Públicas, pela mão de María Prisca, fazendo poesia social e estragando o invento.

— Você foi muito macho em denunciar o maqui – ele me disse.

— Que maqui?

— Aquele que passou uma noite na tua pensão.

— Só me perguntaram se o conhecia, e eu disse que sim, porque era verdade.

Meu ciúme macho já se misturava com a repugnância por aquela turma de comunistinhas sujos, feios, malcheirosos e cínicos, em que María Prisca apenas criava seu galinheiro de pintos jovens.

— Será que um dia você não vai cansar, sendo tão jovem, de servir ao fascismo?

— Eu não sirvo a ninguém, apenas pratico o que acredito, assim como você. E, em todo caso, não sou um emboscado embaixo das saias de uma marquesa, filho da puta.

A tertúlia desandou e, no dia seguinte, ao lado de Juan Aparicio, redigi na velha Underwood, preta e bela como uma maria-fumaça, uma reportagem anônima que intitulei "Elementos subversivos infiltrados em órgãos oficiais". Dei os detalhes a Juan Aparicio, e a polícia logo foi investigar. Pegaram todos, menos Juan Bosco, que naquele dia, espertamente, não apareceu na repartição.

Meu inimigo continuava à solta pelas ruas de Madri. Resolvi acabar com ele, por motivos sentimentais e políticos. Mas não havia jeito de encontrá-lo. O maqui da minha pensão tinha sido fuzilado, mas eu pouco me importava. Quem devia ser fuzilado era Juan Bosco.

Algumas tardes, María Prisca, marquesa apócrifa de Arambol, me recebia no seu apartamento no Paseo de la Castellana, número alto, e começávamos falando de algumas coisas, mais ela que eu, e terminávamos indo para a cama:

— O que aconteceu com esses meninos foi coisa sua, não?

— Pense o que quiser.

— Penso que você é um traidor.

— Juan Aparicio me paga para isso.

— Eu também pago.

— Em uísque e cama.

— Será que você não é um cínico, Armijo?

— Já ouvi essa mesma pergunta de Dionisio Ridruejo, num café.

— E o que você respondeu?

— Que não, porque um cínico sempre nega o óbvio.

— Juan Bosco está em liberdade.

— Espero que você me proteja dele.

— Você não tem um plano para neutralizar o rapaz?

María Prisca, marquesa apócrifa de Arambol, cega de cocaína, eloquente de álcool, sedada de soníferos, sem dúvida esperava de mim uma resposta tranquilizadora para todos.

— Claro que tenho, María. Vou fazer uma resenha entusiástica da poesia de Juan Bosco, e no dia seguinte ele vem comer na minha mão. Não há poeta que não entregue os pontos por uma boa crítica.

— Você é mais esperto que eu. Te adoro.

E fomos para a cama, com o número final de Angelo, de uniforme, entrando com os uísques na bandeja de prata e olhando para minha bunda. Uma noite, num jantar de María Prisca, me encantei com um saleiro da marquesa que parecia uma pombinha de prata maciça.

— Estou vendo que você gostou da pomba. Pode pegar, é sua.

E a colocou na minha mão. No dia seguinte a empenhei num penhorista da rua de Postas, que tinha a cara loira e boa de filósofo de província. "Trezentas pesetas, quando muito, porque ninguém volta para resgatar o roubo." "Passe aqui as trezentas, que eu prometo voltar."

Quatro

Serrano Suñer despedia-se da segunda leva da Divisão Azul, na Alcalá, 44. A manhã tinha a qualidade luminosa de um vaso. Era Madri. Havia uma multidão de homens (atrás deles, as namoradas) esperando a palavra de Serrano no balcão, entre o jugo e as flechas[14] gigantescas e inúteis. Serrano, que desenhava seus próprios uniformes nos moldes do dandismo nazista, apareceu no balcão e soltou aquele "A Rússia é culpada", plagiado de Ortega, "*Monarchia est delenda*". Mas os divisionários não tinham lido Ortega, e eu estava entre eles.

Os instrutores da Escola de Comandantes José Antonio eram a mais esmerada imitação do nazismo. As Tropas Universitárias eram mais afins a um fascismo mussoliniano, universitário e almofadinha, que teria feito as delícias de Malaparte. Madri ia enchendo-se de uniformes e desfiles, era uma cidade/quartel. Eu sentia que minha ambiguidade entre a lassidão fragrante do Clube de Golfe e o militarismo do sistema, "o laconismo militar do nosso estilo", era exatamente o que me definia, aquilo que eu queria e no qual acreditava, enfim. Trocando em miúdos, não estava traindo a mim mesmo.

Sobre esse evento divisionário, fiz para Juan Aparicio uma reportagem muito bonita. Dionisio Ridruejo redigia seus Cadernos da Rússia, líricos e nazistas, entre a tísica e

14 O jugo e as flechas compunham o emblema da Falange.

a neve, encharcado de uísque. Os bondes abarrotados corriam por Madri como uma formiga com excesso de carga. As pessoas falsificavam tudo. Depois de terem começado falsificando a si mesmas. Ana Marechal se falsificava de homem para representar Juan Tenorio, uma coisa que parecia muito moderna, mas que já está lá em Lope. A atleta catalã María Torremadé foi mais tarde um senhor, pai de família. Era preciso se falsificar para sobreviver. Miguel Mihura me dava lições noturnas de ceticismo, no Chicote. Ele se falsificara fazendo um teatro burguês, já que sua *Tres sombreros de copa* escapava à compreensão da burguesia franquista. Todos fomos moedeiros falsos. Lá só eram autênticas as putas de Mansilla de las Mulas, província de León.

Álvaro de Laiglesia, o jovem falangista do Chicote, contava-me que estava encadernando sua biblioteca com a pele das costas de mulheres russas e jovens, ou seja, de *paniyenki*, peles que ele mesmo arrancara como batedor da Divisão Azul. Quanto a Jardiel, eu o via agonizar entre putas e garrafas. Tinha as olheiras típicas do almofadinha pervertido que perde as noites tolamente, quando uma foda se resolve em meia hora. Aquela coisa da farra, muito vigente na época, herança dos nossos pais, era algo que nunca me convencera. A nossa geração já era partidária da foda sem rodeios. Os nacionais almoçavam prato único em toda a Espanha, enquanto eu jantava prato triplo, ou seja, a *paella* do Riscal, com Damián Rabal, o irmão inteligente do grande ator, com sua cara de Edward G. Robinson passado pelo pugilismo duro de Vallecas, que me dizia:

— Sabe, Marianito? Numa noite eu passei do torresmo ao caviar.

Damián era do comunismo refinado, tinha uma voz muito melhor que a do irmão, como de Manolo Caracol com jubiloso câncer na garganta, e fugira de Cuelgamuros, onde fazia trabalhos de Remição de Pena pelo Trabalho, aquela invenção de um padre de Franco, quebrando pedra para o Vale dos Caídos. Eram mundos que María Prisca ia me mostrando.

De vez em quando íamos em massa à Plaza de Oriente para aclamar Franco, e lá me misturava com os chucros de toda a Espanha, vindos por uns trocados e um sanduíche de presunto de javali. Trepado num dos postes fernandinos da praça, eu via o Caudilho, jovem, tranquilo e implacável, cercado por Fernández Cuesta e outros ilustres, condenando as corruptas democracias europeias. Em Postdam decidiu-se o embargo internacional da Espanha, e a pedido de Aparicio eu fazia brilhantes reportagens sobre isso tudo, para que as distribuísse na sua agência nacional. Ele tratava de encher de doutrina aquilo que para mim era mera narração. Portanto nos entendíamos muito bem. Aparicio foi um pai para mim.

O cardeal Segura, com cara de bronco e mãos de lavrador, mordidas pela terra, como de alguém que tivesse arrancado os tomates do pé, opunha-se a Franco porque queria uma Espanha satélite do Vaticano, uma Espanha/Castelgandolfo, e os falangistas pagãos eram contra isso. Segura era o príncipe da Igreja, e Gomá, o príncipe do nacional-catolicismo. Uma guerra entre príncipes à qual o Generalíssimo assistia mudo e satisfeito. Em todo caso, continuavam a levá-lo sob pálio. A apresentação dos bispos a Franco era obrigatória, e por esse transe passou gostosamente *don* Vicente Enrique y Tarancón. María Prisca tem uma foda sentimental, ardente e voluntariosa. María Prisca sabe rodear o gozo de conversa e boas maneiras e, depois da foda, que não tem emenda, parece chorar por ser tão puta, ou pelo prazer tão fugidio, enquanto o *valet* Angelo entra com os uísques e olha minha bunda mais uma vez. Sancho Galia, ministro rotativo do Caudilho, nunca falhava com o cheque no início do mês.

Gabriel Arias Salgado, vice-secretário de Educação Popular, era o máximo executor da censura oficial. Eu o vi de uniforme parafascista, oclinhos de teólogo e obcecado por Deus e o Diabo. A censura não respeitou nem o grande escritor falangista Rafael García Serrano, que vivia no *Arriba* com seu bigodão e a gorja aberta de tenor de ópera, cantando sempre, na sua grande prosa, a guerra civil como se fosse uma Festa de São Firmino, era pamplônica. Sempre fazia grandes elogios às minhas coisas. Acho que ele confundira o fascismo com sua própria juventude. As senhoritas se banhavam de roupa nas piscinas de Madri, pois a decência não permitia ir além. Pinito del Oro arriscava a boceta toda tarde no mais alto do trapézio. Ao *Arriba* chegara um dia Emilio Romero, rapaz de província, com uns versinhos ruins. Foi recebido por Pedro de Lorenzo, que o levou a uma taberna de porão do outro lado da rua, El Puchero, com boa cozinha nacional. (O pessoal do *Arriba* passava o dia, e a noite também, no Comercial da rotunda de Bilbao, próxima, esburacada pelos obuses de Franco, onde todos faziam o jornal e onde Dionisio Ridruejo escrevia seus artigos antes de ir para a Rússia.) O laurentino não disse a Romero que seus versos eram ruins, mas sim que seu caminho era a política. E Romero, que sonhava ser ministro de Franco, em cinquenta anos não passou de diretor do *Pueblo*, um jornal feito com o dinheiro que o Sindicato Vertical[15] roubava dos operários. Meu sonho era publicar no *Pueblo*, que era muito lido. Fabián, o "mecânico" de María Prisca e do ministro, aparecia de quando em quando na pensão de *doña* Aquina e me pedia que o acompanhasse. Chegava àquela rua de Argüelles, pequeno-burguesa, abarrotada de bondes, com o

---

15 Sindicato único na época de Franco, ao qual todos os trabalhadores e empresários eram obrigados a se filiar.

grande carro ministerial, preto e com a bandeira nacional visível, aspergindo curiosidade na vizinhança e perplexidade nos meus companheiros e em *doña* Aquina. Vieram buscar *don* Mariano no carro de um ministro. Deve ser muito poderoso. Mas então por que ele continua nesta pensão de merda? Pois é. Fabián, o "mecânico", que tinha mais personalidade de costas que de frente, explicou-me no patamar da escada, para maior discrição, que a senhora estava muito mal, que devíamos levá-la à clínica com urgência. E lá fomos nós no grande carro preto, sem dar passagem aos bondes, com a urgência e a autoridade da bandeira ministerial, à procura de María Prisca, cega de coca, de uísque, de tabaco, de vida e de morte, intoxicada de tudo. Angelo e eu recolhemos seu imenso corpo de deusa, de rainha, de primeira mãe, um corpo romano e românico, de peitos grandes e boceta profunda, com a linha escultórica dos ombros e a égloga épica da belíssima cabeça velha e doente. Pusemos nela uma camisola rosa, a envolvemos em mantas e a levamos até o carro, onde Fabián, não autorizado a ver tais nudezes, esperava por nós.

— O senhor ministro mandou que o senhor e eu a instalemos na clínica.

Então o senhor ministro sabia da minha existência, ou talvez desse por presumível, sempre, a existência de outro homem na vida de María Prisca, ao qual ele impunha esses trabalhos clandestinos como preço pelo seu próprio anonimato ministerial. E o automóvel rodou silenciosamente por Madri, sem a insolência do gasogênio, entre terrenos baldios que recendiam primaverilmente a cadáver fresquinho, ainda com sua boina Durruti[16], fuzilado naquela madrugada. Obrigada, Marianito, obrigada,

---

16 Referência a José Buenaventura Durruti Dumange (1896-1936), sindicalista e revolucionário anarquista espanhol.

você nunca me falta na hora que eu preciso, babava María Prisca entre a inconsciência e o lirismo. Assim, nua sob as mantas, deusa de gesso e droga, era muito mais grandiosa e urgente que no seu papel de marquesa apócrifa. Eu a teria comido lá mesmo, no carro.

Dias mais tarde, quando na clínica já haviam devolvido sua vida e, sobretudo, sua mágica lucidez, fui vê-la. A clínica era quase secreta, fundada por um médico do Regime piedoso e beato, que costumava dirigir terços coletivos no parque de El Retiro, com o padre Peyton. Uns diziam que era López Ibor, mas eu achava que era outro. Seja como for, um dia apareceu por lá López Ibor, mesmo, e eu, com o truque de pedir um autógrafo, tive uma conversa com ele e tomei algumas notas. Sua escrita é digna de análise, ele me disse. Minha escrita só era entendida por mim. A essa clínica quase secreta, Nortes de Madri, iam somente as mulheres da cúpula do Regime, para abortar, para se desintoxicar de álcool ou de droga, para emagrecer ou fazer as primeiras cirurgias plásticas, de correção do nariz ou aumento dos peitos. María Prisca não precisava se corrigir de nada, a não ser do capricho da coca e do excesso de uísque. Nas minhas visitas à clínica, sempre a encontrava sentada na cama, conversando com conhecidos do Clube de Golfe. Todos bebiam uísque e eu, como réplica falangista, pedia um descafeinado, dos primeiros que houve em Madri.

— Deixe que eu preparo, você não leva jeito para nada – dizia María Prisca para o auditório. — É um gênio político, mas uma nulidade para essas pequenas coisas. É por isso que eu gosto tanto dele.

Pelo visto, eu deixava María Prisca maternal, ou seja, excitada. Eu era o único que se sentava na cama, ao lado dela, e gostava de passar na frente daqueles babões do Golfe. Quando todos se retiravam discretamente, eu fodia uma morta bela, exótica, vivaz, decadente e muito literária.

Os madrilenhos faziam fila para assistir a *Raza*, o filme sobre Franco do qual já se falou aqui. Para Juan Bosco, o jovem poeta comunista do Ministério de Obras Públicas, desaparecido, escapado da *minha* batida e denúncia, escrevi uma crítica muito elogiosa, para *La Estafeta Literaria*, a propósito do seu livro *Hoces y cuchillos* [Foices e facas], de título alarmante. Nessa obra, ele apresentava a Espanha como uma Virgem Dolorosa atravessada pelas sete espadas dos seus grandes rios. A metáfora religiosa servia para ele passar de contrabando um tipo de poesia que começava a ser chamada de realista socialista, mas que era simplesmente socialista ou comunista. Não existe poeta que não se entregue por vaidade, por mais comunista que seja, e um dia o desaparecido Juan Bosco me telefonou em *La Estafeta* para agradecer a resenha e me convidar para beber com ele. "No fundo, podemos nos entender", disse ele, muito servil. Não contei nada disso a María Prisca, que continuava no seu letargo e na sua clínica. Juan Bosco marcou o encontro num clube de jazz da rua Villanueva, onde um negro cego, Tete Montoliu, tocava piano, reunindo em torno dele uma intelectualidade esnobe e suspeita. Naqueles anos, enquanto a Espanha cantava Concha Piquer e Lola Flores nos seus pátios, conspirou-se muito, na esquerda intelectual, à sombra cega, sinuosa e estrangeira do jazz. Finalmente apareceu Juan Bosco, o homem que me insultara no Chicote, escapando em seguida da minha manobra envolvente e dos serviços de Juan Aparicio. Nossa conversa foi, da minha parte, uma repetição de todos os elogios que já havia feito por escrito. Juan Bosco me escutava encantado, ainda que emboscado no tabaco, no uísque e no jazz. Tete Montoliu encrespava o mar do seu piano ou o fazia deslizar como uma baleia melódica pelos mares cegos da música. O jazz era uma coisa que se ouvia muito nos filmes americanos. O jazz soa sempre a noite quente na fazenda de algodão, a negros sentimentais queixando-se longamente de algo, não se sabe o quê, e a deslizar de serpentes gordas e boas entre o sonho branco das crianças negras. Juan Bosco estava um pouco mais gordo e mais barbudo, tomou vários uísques enquanto eu mal provei um e me convocou para outra conversa, onde havíamos de "trocar ideias em profundidade". Ou seja, pretendia fazer proselitismo comigo. As pessoas faziam fila na porta dos cinemas para ver *Locura de amor*. A Guarda Moura[17] de Franco cruzava a cidade quase todo dia, com ou sem o Caudilho, por entre avenidas de terrenos baldios, casas com latrina no quintal e bandeiras espanholas do bairro de Salamanca. Durante os bombardeios de Madri, Franco mandara respeitar o bairro de Salamanca e sua gente, embora isso servisse mais para indicar aos milicianos onde deviam fazer suas "sacas"[18], seus "passeios" e pilhagens. Na Tcheká da rua de Atocha, funcionava a primeira tipografia de *D. Quixote*, ali se torturava com as mesmas ferramentas, ainda quentes de sangue, que tinham sido usadas pelos vermelhos. Era uma Tcheká muito eficiente, onde confissões, declarações, torturas e execuções eram realizadas com muito esmero burocrático e até certo asseio, dentro da

---

17 Desde o século XV, a Espanha mantinha o chamado Exército da África, composto de marroquinos, para proteger suas possessões coloniais no continente. Sob Franco, essa legião assumiu funções cerimoniais em Madri.

18 Chamava-se *saca de presos*, ou simplesmente *saca*, a ação sistemática, muito frequente durante a Guerra Civil Espanhola e a primeira fase da ditadura franquista, de retirar das prisões um grupo de detidos para sua execução sumária.

inevitável dureza dos interrogatórios. A Tcheká da Atocha, tipografia de *D. Quixote*, era quase como uma barbearia cruenta para condenados à morte. Sara Montiel, aquela moça do Chicote, amiga do Mihura e da turma de *La Codorniz*, começava a aparecer nas capas da revista *Semana*, portanto o mundo, nosso pequeno mundo de traficantes de gêneros e cadáveres pedintes, começava a ter um rosto. A Espanha começava a amanhecer.

A pensão de *doña* Aquina recebeu uma senhorita muito solitária, magra e bem-falante. Seu nome era María de la Escolanía, que a guerra deixara órfã e um pouco tísica, só um pouco. María de la Escolanía já é mais uma na casa, tem o cabelo muito preto e liso, o rosto muito branco e quase belo, de uma beleza que não era para sair na *Semana*, pouco chamativa, quer dizer, e se via que era de boa família. Muitas vezes comia no quarto, inclusive na cama, quando sua tosse piorava. Prometeu ler minhas coisas, assim que eu lhe disse que era jornalista, porque María de la Escolanía era uma senhorita que até lia jornais. Tinha mãos longas, pálidas, puras, pureza apenas escandalizada pelo vermelho das unhas (também o vermelho da boca me pareceu exagerado, mas era a moda). Seu quarto na pensão ficara muito doméstico, asseado e íntimo por obra daquelas mãos cansadas e industriosas. Algumas noites fomos juntos ao cinema da esquina, sessão corrida e programa duplo, para ver *Locura de amor*, que era bem bonitinho. Os dois policiais que esperavam Juan Bosco na porta do clube de jazz o apanharam de madrugada, quando ia saindo bêbado, e o levaram diretamente à Tcheká da Atocha (talvez continue lá), onde um dia se imprimira a primeira e bela edição de *D. Quixote*.

Conrado Sanmartín fazia *thrillers* à espanhola em que todos os presos eram comuns, quando o que lotava as cadeias – Carabanchel – eram presos políticos, ideológicos. As senhoritas da Assistência Social, que eram muito bondosas, distribuíam mantimentos para a população. Havia uma caderneta para o racionamento de pão. Os pensionistas entregávamos a caderneta a *doña* Aquina, e ela cuidava de nos manter bem alimentados, embora eu suspeite de alguma traficância com nosso pão e nossas cadernetas. *Don* Jacinto Benavente escrevia seu teatro para os nacionais com caderneta de primeira. Zarra fazia seus gols de praxe. Perico Chicote pastoreava suas putas de Mansilla de las Mulas, com discrição e bons modos, e servia coquetéis nas festas de El Pardo, sempre com muitos bispos. Los Vienenses[19] trouxeram as vienenses, donas de coxas superalimentadas, belíssimas, espetaculares e bem ao gosto dos espanhóis. As coxas das nacionais murcharam um tanto com a guerra, mas em compensação guardavam no meio delas uma pureza muito mais valiosa e inapreciável que os brilhos da carne. As senhoras de viscose estampada e as porteiras faziam fila para tudo, mas nas filas ia sendo forjada a unidade franquista dos espanhóis. A fome e as guerras são uma coisa que une muito e acaba saudavelmente com a luta de classes. O *pasodoble* de Marcial Lalanda continuava perfumando Madri com cheiro de domingo de antes da guerra, cravos suados de ir entre os seios do mulherio e esterco de cavalo que deixava barroca a rua de Alcalá, onde reluziam os andaluzes.

---

19 Nome de uma companhia de teatro de revista/variedades, fundada e dirigida pelos austríacos Franz Johan e Artur Kaps, que se instalou na Espanha e fez grande sucesso.

Cinco

Madri voltava a ser uma cidade cor de mulherio, e com o verão voltaram as mesas na calçada dos cafés, entre mijadas de cerveja e cadáveres de camarão, que dava gosto pisar com sua leve crepitação. As pessoas tinham prazer em pisar nos camarões que outros estavam comendo. Era um modo de participar da pálida e culpada prosperidade das novas classes, pessoas de chapéu muito justo, óculos escuros, charuto havana, paletó de linho branco, que era a moda, e sapato bicolor, furadinho, para o suor dos pés, pois os nacionais e os traficantes de gêneros podiam ter as mãos limpas de sangue, mas não eram muito dados a lavar os pés. Benedicto era comunista empedernido e estava na prisão de Carabanchel, cumprindo pena indefinida ou esperando a sentença, não sei. Benedicto era alto, afilado, perfil de punhal, juventude de judeu pobre, oclinhos inteligentes, barbinha de mártir antigo e voz conspiratória. A primeira coisa que María Prisca fez ao sair da clínica foi me carregar numa visita a Benedicto, um vermelho que o ministro lhe tirara das mãos, porque já era demais. Benedicto era acusado mais ou menos de tudo, inclusive de violência, que os comunistas daquela primeira época eram um tanto violentos, até que Carrillo escolheu a via da conspiração surda, silêncio e sombra, eficácia e boa aparência. Carabanchel, de manhã, na hora primeira de visitar os presos, era uma tundra atravessada de longínquos bondes sonâmbulos, e deixávamos o carro ministerial um pouco afastado daquela multidão cor de impaciência, cor de fome, cor de merda, que eram os familiares dos presos.

María Prisca, com seu pesado *vison*, seus grandes óculos escuros de estrela de cinema, sua bela cabeleira prata e sua estatura, era um espetáculo naquele lugar e naquela hora. É uma artista que tem um irmão vermelho sofrendo muito aí dentro, coitadinha, dizia o pessoal. É uma das nossas, só que fez fortuna com sua arte. Deve ser protegida por algum figurão do Abastecimento. Se ela não sofresse, não estaria aqui a esta hora, pois está na cara que não precisa. Benedicto não era irmão de María Prisca, e sim, presume-se, um dos seus amantes vermelhos e adolescentes, pelo qual ela tinha particular interesse, dado o futuro do rapaz, que podia ser a pena de morte. No parlatório mal nos cumprimentamos, enquanto os dois falavam, e ele me pareceu um judeuzão roído pelas usuras da conspiração, do ressentimento e do medo, um farrapo de comunista que os carcereiros já deviam ter despachado na porrada. Carabanchel, por dentro, fedia a cobertor mijado e homem dormido, a jantar de ontem e doenças dos presos, ao doce sabor da tortura e ao mel imundo e intolerável da santidade. María Prisca levava para o meu predecessor (sem dúvida o era) cigarros Camel, mortadela, uísque americano, jornais em idiomas inimigos, que anunciavam a derrota de Hitler, grande engano, mais seus beijos fugazes e dramatizados, que pintavam de carmim de burla a febre daquele tísico maligno e eloquente. Se tem uma coisa que me emputece é ver que você se enrola até com os presos, eu lhe dizia no carro de volta. Benedicto é um bom rapaz, e precisamos fazer algo por ele, Mariano. Nesse instante decidi providenciar o fuzilamento do judeu, acionando Juan Aparicio ou quem fosse preciso. Mas não disse nada a Prisca. Madri, de regresso, voltava a ser uma cidade cor de mulherio, e as primeiras mesas dos cafés se estendiam pela Gran Vía e pela rua Serrano, com uma alegria maruja e quase cantábrica.

Carlos Arruza e Conchita Cintrón triunfam na arena de touros. O supermacho e a superfêmea. Stanton Griffis apresenta a Franco as credenciais diplomáticas dos Estados Unidos. Começa o degelo. Para os espanhóis, tanto faz. Franco parece agora um embaixador de filme cômico, e as faixas e correias lhe repuxam a barriguinha e a bundinha. Franco não é meu homem, pois minhas convicções são estéticas, e prefiro o adonismo de José Antonio ou a boemia vadia, ilustrada e italianizante de Eugenio Montes. A Falange quer oferecer a Franco uma estética que Franco não entende nem aprecia. É isso. As verduras voltam às ruas como a realidade simplória e alimentícia da Espanha. Nem tudo foi arrasado pela guerra. Havia hortas ocultas onde floresciam a alcaparra, a berinjela, a cebola, o indignado tomate e o industrioso alho-poró.

Filmes americanos e jogadores de futebol fugidos do terror russo. Entrevistei Carmen de Lirio, a grande vedete do teatro de revista decente e nacional, numa conversa muito literária – ufa, que alívio, depois de tanta política –, e ao me cumprimentar ela deixa na minha mão uma luva de perfume que eu passo o dia e a noite toda a cheirar. Gilda escandaliza a Gran Vía, por onde um dia passou o Ausente, nos ombros de Sánchez Mazas e outros, a caminho de Cuelgamuros, numa manhã unânime, romana, de palmeiral de mãos e silêncio tenso, um silêncio carregado de sinais, de medos e de versos. Até o Tarzan vem à Espanha, quem não vem é um homem como o Ausente, para limpar o sistema policial de

Franco e levantar a Espanha falangista, agora que Hitler está ganhando a guerra. María de la Escolanía tem uma foda doce, freiral, serena, apaixonada, decente e fascinante. María de la Escolanía é amante de um rico de Tarancón, um fazendeiro solteirão que a instalou na pensão de *doña* Aquina enquanto procuram um apartamento novo, moderno e bonito, para abrigar seu ninho de amor.

O amante de María de la Escolanía anda nas suas colheitas, sua caça da perdiz vermelha e seus adubos. Vive com uma mãe grandiosa e mesquinha que não lhe permitiria um casamento que não fosse de conveniência e renda. Continua solteiro aos 50, aliviando-se com meretrizes do Chicote ou do Abra, e agora encontrou María de la Escolanía, órfã virgem da guerra, que se entregou a ele por ser bom, honesto, e pelas cestas de ovos e a provisão de caça que lhe traz toda semana. Assim que María de la Escolanía se mudar para o apartamento secreto do seu homem, vou perdê-la para sempre, mas por ora, à noite, ao voltar do cinema, depois de assistir a *Luz de gás*, passamos a noite no quarto dela (*doña* Aquina percebe, ou não), e seu amor é o da esposa fiel que fode com unção, certa do que está fazendo, e que me entrega um corpo de nardo e tosse, de lírio, aleli, doença, juventude e fome. A verdade é que passamos ótimos momentos. María de la Escolanía é uma romântica de romance de banca água com açúcar.

Gloria Lasso é a trilha sonora do nosso amor de pensão completa. Luis Escobar desfila sua maricagem pelos teatros nacionais e faz uma vanguarda suave que enfeita o panorama sem perturbar o sistema. Ousa até encenar *Yerma*, do fuzilado García Lorca, e coisas do gênero. Salvador Dalí pinta um Juan Tenorio surrealista, e Buero Vallejo vive das rendas de uma pena de morte comutada. Não se pode dizer que Madri não tem vida espiritual.

María de la Escolanía e eu vamos a tudo (que María Prisca não fique sabendo), e até já figuramos como *habitués* de estreias. Juan Aparicio me paga com vales, e eu faço algumas crônicas. Exceto às quartas, quando chega o senhor de Tarancón, com sua cesta de mantimentos, seus coelhos mortos na outra mão, seu uniforme de caçador, seu chapeuzinho verde e tirolês, seu bigodinho franquista e seu nariz vermelho de bêbado, tudo num Ford T velho e decorado de lama que é o espanto dos vizinhos, assim como o carro com a bandeira nacional que o ministro me manda às vezes.

Não tenho ciúmes do ministro de María Prisca, mas tenho ciúmes do fazendeiro de María de la Escolanía. Como é que funciona essa coisa do ciúme? É do corpo ou da alma? Estarei apaixonado por María de la Escolanía? Talvez, sei lá, não sei. Franco aparece de tempos em tempos no balcão da Plaza de Oriente, e vamos vivendo disso. Ele diz sempre as mesmas coisas, mas parece que a História lhe dá razão, embora alguns jornais comecem a desconfiar da vitória de Hitler. Juan Aparicio me diz que isso é puro derrotismo, que a vitória do nazismo é matemática, científica, calculada, certa. Eu concordo, sobretudo porque ele me paga. A bandeira espanhola condecora nossa vida. Eu acreditava mais na bandeira falangista, que era vermelha de sangue e preta de dinamite. A Falange era uma coisa estética, e eu tenho um fraco pela estética. Franco, carnudinho e bundudinho, é pouco estético. Na pensão de *doña* Aquina, eu me alimento de milho argentino e dos beijos secretos de María de la Escolanía, que tem a avidez de todas as tísicas e o romantismo de todas as mortas. Somos discretamente felizes, com uma felicidade de pensão e cinema de sessão contínua.

Ignacio Ara, Paco Bueno e Luis Romero defendem o boxe nacional com fúria espanhola e técnica americana.

Rafael Gil nos solta uns filmes bem bonitos, que María de la Escolanía e eu vemos no cinema da esquina. Sáenz de Heredia segue mais na linha oficial de *Raza* e ensina muita História da Espanha. Antonio Casal está muito bem em *Huella de luz*, uma bonita história de Fernández Flórez. María de la Escolanía e eu aproveitávamos todo esse romantismo cinematográfico para nos beijar, e eu comia todo seu batom, que até alimentava. Entre um filme e outro passavam o NO-DO[20], e eu explicava a María de la Escolanía a verdade e a mentira de cada notícia. Cheguei inclusive a trabalhar uma temporada na redação do NO-DO.

Na pensão tínhamos um rádio Philips. María de la Escolanía tinha outro menor e mais jeitoso, e nos trancávamos no quarto dela para ouvir rádio ou para disfarçar no volume máximo as nossas noites de amor. Juan Aparicio lê um artigo que escrevi sobre a vigilância nas prisões. Minha tese é que a vigilância na rua está muito aperfeiçoada, mas que em Carabanchel, com a promiscuidade dos presos, ainda há gente perigosa que continua trabalhando contra o Regime.

— Eu te conheço bem, Armijito, sei que você não escreveu isso em termos genéricos, que não é teu estilo, mas pensando em alguém em particular.

Juan Aparicio tem uma calva macho, uma ironia erudita, uma paz que é a bendita paz dos carrascos e um paternalismo que me enche um pouco o saco. Logo em seguida chegamos à ficha de Benedicto não sei das quantas.

---

20 Acrônimo de Noticieros y Documentales [Noticiários e Documentários], cinejornal semanal de propaganda franquista projetado obrigatoriamente nos cinemas espanhóis antes de todos os filmes. Era também o nome da entidade oficial responsável por sua produção, ligada à Subsecretaria de Educação Popular.

Dali a uma semana, o tipo já está quebrando pedra em Cuelgamuros. Perfeito. Tísico galopante, não vai aguentar muito tempo. O problema vai ser, penso, quando María Prisca ficar sabendo disso. Com certeza vai desconfiar de mim. Mas agora estou mais para a Escolanía. Juan Aparicio me chama ao seu escritório, a uma hora intempestiva, me oferece conhaque francês e me explica:

— Escuta, temos uma vaga de informante social.
— "Informante social." Ou seja, dedo-duro.
— Dedo-duro?
— Quero dizer, infiltrado.
— Sua remuneração subiria significativamente. Você teria que mudar de bairro e residência a cada tantos meses, isso sim.
— Não gosto disso.
— Você tem instinto para lidar com as pessoas, para se misturar com elas, você é puro povo, mas povo ilustrado. Pode ser muito útil para nós.

Juan Aparicio é um Mussolini que fuma charutos priápicos. Juan Aparicio é um Napoleão com muitas outras úlceras afora a do estômago. Ele segue o falangismo apolíneo de José Antonio. Não segue o burocratismo adesista e mimético dos administradores da Vitória. Com esse dinheiro extra eu poderia abrir mão das ajudas de María Prisca e me dedicar por completo a Escolanía. O homem sempre se perde por causa da mulher. O charuto de Juan Aparicio cheira bem, cheira muito bem, e me envolve num clima de paternidade, segurança, conforto e confidência. Dali a quatro dias já me transferiam para uma pensão da rua de La Madera, onde devia detectar "descontentes", como os chamavam. Eu me despedi de María de la Escolanía como se estivesse partindo para a Austrália, mas continuou valendo nosso cinema das quintas. E depois o cinema que nós mesmos fazíamos na cama. E me despedi de *doña* Aquina com a promessa de voltar muito lá.

Eu ficava sem a informação pontual de *doña* Aquina sobre a repressão e a depuração da Espanha por Franco, executada pelos nacionais província por província, e que ela me dava através do lacrimejar deleitoso das suas cataratas. Fiquei sem a presença contínua da Escolanía ou Escola, como eu a chamava, mas agora o que me atormenta, na minha pensão da rua de La Madera (quando era mesmo de madeira, costumava ecoar os passos de Quevedo), é que em vez de carreira literária estou fazendo carreira de infiltrado. Meus artigos e coisas, até poemas, continuam a sair nas publicações de Aparicio, mas a literatura passou a ser uma ocupação secundária. O que eu faço agora é denunciar. Digo que sou estudante de letras e que não tenho o menor interesse na política. O que eu quero é prestar concursos e conseguir uma vaga de professor de literatura em algum colégio de província. Um emprego tranquilo para me casar com a moça mais rica do lugar. O caralho. Jorge Sepúlveda canta *Santander* com muito sentimento e dor no coração, e as gaitas da Frente de Juventudes[21], que às vezes presido, o imitam muito bem.

Goyoaga monta um cavalo branco que dá à Espanha muitas vitórias hípicas, já que não épicas. Samaranch triunfa no esporte catalão. Arturito Pomar triunfa no xadrez. Delio Rodríguez pedala como Deus. Eu sou um falangista apaixonado por José Antonio, pela estética adônica da violência, mas me fode a paciência estar atolado no regaço ambíguo e excessivo de Franco, que para mim é Juan Aparicio, a quem odeio e admiro. Eu sou o gigolô de María Prisca, marquesa apócrifa de Arambol, e o amante de pensão da Escolanía. Minha única aspiração

---

21 Seção juvenil da Falange.

é escrever cada vez melhor, mas para isso tenho que passar pela denúncia, pelo crime e pelo cinismo. Bernard Shaw disse que o artista tem que começar matando a própria mãe.

Carmencita Franco e o marquês de Villaverde se casam em El Pardo. Villaverde é um cirurgião irônico que, estando com um operário jovem da Previdência Social na mesa de operações, com o peito escancarado, faz piadas com a equipe cirúrgica e espia as pernas das garotas da marquise, as estudantes de medicina que assistem do alto às magistrais intervenções do médico. Ava Gardner e Mario Cabré oferecem o filme real e sentimental, cosmopolita, que faltava à vida espanhola. Em Madri é sempre Semana Santa e em Barcelona sempre há um Congresso Eucarístico. Sinto falta da presença constante de Escola nos corredores desta pensão da rua de La Madera, capitaneada por duas irmãs solteironas, um irmão sonso e um telefone ensebado de conversas com o mercado central ou de conversas de caixeiro-viajante. Todos nos lavamos de manhã, em grupo, apenas o rosto e as axilas, num quarto com pias em fileiras confrontadas, como cochos de estábulo, e passando uns aos outros o sabão de lavar roupa. Já tenho meu primeiro suspeito, Nemesio Córdoba, um estudante acorcundado, de unhas pretas e tabaco ruim, os olhos de uma claridade revolta que nas refeições fala do cristianismo de Bernanos e quejandos, ou seja, da Igreja que traiu Franco. Parece muito ativo e muito eloquente. Vou ter que redigir um relatório sobre ele. Ele me considera um falangista estético, e talvez esteja certo, mas a estética pressupõe muitas outras coisas: frieza, crueldade, cinismo, dandismo, violência e ironia. Os caixeiros-viajantes leem *Flechas y Pelayos*. Eu leio *Escorial*, a revista de Ridruejo em que aspiro um dia a publicar. *Primer Plano* é uma revista de cinema e

Vértice é uma revista falangista e chata, plagiada das alemãs. Nemesio Córdoba me obceca. É inteligente, é cristão, é corajoso na sua fragilidade de corcundinha, é sábio e fuma em francês, assim como fala em latim. Esse aí vai ganhar um relatório daqueles. Não se pode suportar que gente como ele ande à solta pelas pensões de Madri. Periga até querer seguir carreira literária. O caralho.

Seis

José María de Areilza é o orador da moda. Elegante, diplomático, alto, culto, vascongado e aristocrata. Será embaixador de Franco em muitos lugares, pois transmite uma imagem da Espanha que pouco tem a ver com o dólmã de Viriato. Pedro Laín Entralgo, visita de Solís e do Caudilho, é um intelectual da minha desconfiança, um ideólogo sem ideias no qual salta aos olhos a paixão por aqueles de 98 e por liberais como Marañón e Ortega. Uns ou outros ele está traindo. Mas quem? Em nome do humanismo, pretende ficar bem com todos. Seu jogo é um adesismo intelectual enriquecido de covardia viril. Ele me parece, assim como seu amigo Ridruejo, um dos grandes traidores da Falange. Vai ter que escolher entre a Falange e Franco, isso já vai ficando claro nestes anos, e Laín não escolheu, mas está com todos, e também com os liberais do exílio. José Antonio é uma figura que exige o absoluto. Ou a pessoa está ou não está com ele. Quem não está comigo está contra mim, disse Cristo. Laín pretende fazer um cerzido constante entre uns e outros, e nessa tarefa de cerzidora que costura para fora ele vai passando a vida.

Laín anda com Fernández Cuesta, o idiota útil da Falange, e Arias Salgado, o beato inútil de Franco. Antonio Tovar é o nazismo puro, hitleriano, e vou mais com a cara dele, mas desconfio que tem mais admiração por

Hitler que por José Antonio. Todos eles estão utilizando José Antonio nas suas manipulações, mas com a cabeça em outra coisa. Em todo caso, são os mitos do SEU[22], os herdeiros de um legado falangista ao qual não fazem jus, porque também Tovar está vendido a Franco.

Ruiz Giménez preside o Desfile da Vitória em Bilbao. Ruiz Giménez é um falangista liberal, o que significa, simplesmente, não ser falangista. Eu diria que tem mais pendor pela Igreja que pela caserna. Falo dessas coisas todas com Juan Aparicio, que é fascista puro, mas devoto do homem. Ruiz Giménez tem uma oratória comovida e um tanto conventual bem ao gosto das gentes. É um liberal brando mais que um falangista duro. Acho que ele pode se bandear para qualquer lado quando menos esperarmos. Nos seus discursos, mistura José Antonio com Nossa Senhora de Lourdes. Não consigo enxergar bem sua figura. É como um lindo camelo ostentando a corcova do seu cristianismo xarope, alto demais, bondoso demais, aberto demais, perigoso demais. Que se defina, caralho. Juan Aparicio trata de explicar-me a História da Espanha, desde os tempos mais remotos até nossos dias. María Prisca me avisa que precisamos ir ver Benedicto. Benedicto, depois da minha sugestão de passar alguns meses quebrando pedra em Cuelgamuros, teve uma recaída da tísica e está num sanatório de desenganados em Los Molinos, na serra. Vou à rua de Postas e resgato a pombinha de prata maciça, o gracioso e valioso saleiro que ganhei de María Prisca. O penhorista não queria acreditar:

— O senhor é o primeiro estudante que vem resgatar um empenho.

---

22 O Sindicato Español Universitario (SEU) foi o organismo obrigatório de enquadramento dos estudantes universitários espanhóis sob Franco.

— Aqui está a cautela e o dinheiro. Passe aqui a pomba, que não vou consentir que o senhor a venda a uma marquesa por 5 mil pesetas.

O penhorista já fora loiro, e isso lhe conferia uma velhice desbotada, chorona e de doces madeixas brancas.

Acho que ele chorava a pombinha de prata que levei, quer dizer, que resgatei, da rua de Postas. María Prisca e eu fomos a Los Molinos num fevereiro de neves arcangélicas, céu nevado e vento traidor.

— Deixe eu entrar primeiro, Prisca, pois quero pedir perdão a esse homem pela parte que eu possa ter tido na morte dele.

O sanatório cheirava a frio e a cadáver saudável. O sanatório era branco como a morte, luminoso como o além e silencioso como a neve dos picos. Benedicto estava morto, mais judeu do que nunca, porque a morte puxa a raça interior das pessoas. Buli no seu punho esquerdo, pendente e cerrado. Estava sozinho com a minha vítima. Depois mandei Prisca entrar. Prisca chorou, rezou, tirou um terço de contas de ouro que nunca iria rezar, beijou o morto na testa e acho que até na boca, entre a barba judaica endurecida de sangue seco, vômitos e comida regurgitada. Finalmente pegou na mão que pendia ao lado, colocou-a sobre o peito e abriu o punho cerrado, para enlaçar seus dedos com os dele, essa coisa que os namorados fazem. Então escapou do punho morto a pomba que eu tinha encaixado ali, e caiu no chão. María Prisca me olhava com ódio, espanto, medo.

— Sim, Prisca, é a marca do meu crime.

Prisca se debulhou em lágrimas, espantos, lealdades, infidelidades, lutos e medos. Entre o amante morto e o vivo, optou por mim. Deixou no sanatório dinheiro para as flores. A descida até Madri, no carro ministerial, foi grata, silenciosa, ilustrada de mutismo pela neve, e María Prisca agarrada à minha mão quente e viva, como que aferrada ao belo e mortuário fevereiro. Lá nos picos ficava um comunista morto.

Carmen Amaya projeta uma sombra flamenca e escura, poderosa e vibrátil sobre a fome da Espanha. Rosario & Antonio também triunfam na Espanha. Carmen Amaya nos corrobora, nos justifica, nos explica. Madri é atravessada de gatos com asas e enterros de muita pompa e muito luto. No Estádio Metropolitano, mimetiza-se um pouco a grandiosidade hitlerista das manifestações olímpicas e juvenis. Os *pelayos*[23] são quase crianças de peito que brincam e desfilam fantasiados de falangistas. Tudo isto me irrita. Nem a ginástica olímpica nem uma Falange de berçário estavam nos sonhos de José Antonio. Entre Franco e a histérica Pilar Primo estão afeminando o fascismo espanhol. As meninas da Seção Feminina vão se fantasiando sucessivamente com todos os trajes regionais das diversas regiões folclóricas. Não ganhamos uma guerra para desencovar do baú da vovó o traje de toureiro com que ela se casou. Mas são coisas que convêm a Franco, e por isso me irritam ainda mais. As pessoas bebem Amer Picón. Os sapatos estão a 25 pesetas o par. O primeiro sedã Seat fabricado na Espanha já corre por Barcelona. María de la Escolanía se mudou para o apartamento que seu maduro amante de Tarancón afinal montou para ela. Fica nas proximidades da rua Ayala e é bonito, pequeno, luminoso e discreto, uma *garçonnière* com rádio *filipis* e muito cretone para disfarçar. Escola e eu já temos o nosso ninho de amor, bancado pelo tirolês de Tarancón, e com isso vejo menos María Prisca, que por sua vez também

---

23 *Pelayos* era um semanário infantojuvenil de moralização e propaganda do regime franquista, publicado entre 1936 e 1938, quando passou a se chamar *Flechas y Pelayos*. Os meninos adeptos ao regime recebiam essa alcunha.

anda um tanto ressabiada por causa do episódio de Benedicto. Prisca leu com atraso meu artigo/delação sobre os presos indiscriminados de Carabanchel. "É preciso depurar", era meu lema, e depuraram. Escola é boa dona de casa, vê-se que nasceu para a coisa, prepara sobremesas deliciosas e o coelho oferecido pelo fazendeiro de Tarancón. Cada dia com mais tosse.

Descobrimos outro cinema de sessão contínua, e depois do filme voltamos a fazer amor com unção de jovens casados, com paixão clandestina e com o pecado tíbio da católica Escola, porque María de la Escolanía é católica, como quase todas as amantes. Católica de várias missas por semana e comunhão mensal. Cheio de paganismo hitlerista, fascina-me desfrutar de uma católica tão puta como María de la Escolanía.

Um dia apareceu inesperadamente (estávamos jantando na cozinha) o fazendeiro de Tarancón:

— Pedro Damián, Mariano. Mariano, Pedro Damián.

Seguiu-se aquele instante tenso em que o fogo se apaga no fogão, as cortinas xadrez ficam duras de goma e a comida esfria nos pratos, voltando à sua feia condição de cadáver (ave, frango, perdiz-vermelha, coelho-bravo, bife de vaca, codornas em escabeche etc.).

— Mariano é um conterrâneo de León que veio a Madri com muito boa estrela como jornalista. Além disso, é da Falange e está fazendo ótima carreira. Você não leu nada dele nos jornais?

Pedro Damián jantava por debaixo do seu bigode antigo e seu chapéu tirolês, que não tirou. Pedro Damián tinha recebido no coração maduro e amargo a bala inútil e plúmbea do ciúme. Mariano trouxe excelentes notícias da minha família, todos estão muito bem e a vaca pariu na semana passada.

— Posso ler a carta dos seus pais?

Pedro Damián não era bobo. Sabia que os pais mandam cartas para suas filhas perdidas em Madri. Escola demorou a reagir.

— Não, cartas o Mariano não trouxe.
— Por quê?
— Bom, tenho até vergonha de dizer, mas na minha família mal sabem escrever. Só eu que fui à escola.
— Minhas cartas são orais, caro Pedro Damián — intervim.
— Com quem o senhor trabalha?

E aquele "o senhor" do fazendeiro me afastava, marcava uma distância de tratamento entre o jovem falangista e o velho fazendeiro, talvez liberal. Uma distância de suspeita entre o velho senhor de terras e o jovem conterrâneo da sua amante, que tão caro lhe custava.

— Com Juan Aparicio, o homem que hoje comanda a imprensa, a opinião e a palavra da Espanha.
— Um fascista.

E Pedro Damián roía o osso de uma coxa de frango. Ficava toda a carne no bigode.

— Bom, o fascismo josé-antoniano ganhou a guerra da Espanha, salvou a todos nós, salvou suas propriedades, por exemplo.

Esse último golpe foi decisivo. Escola preparava café para os três. Lá fora, a noite de fevereiro gelava como uma virgem muito pura, casta e nua.

— Aceita um conhaque, jovem?

A cartada das propriedades vencera suas defesas. Eu gostava mais de uísque, mas disse sim ao conhaque nacional, que é uma merda. Fizemos as pazes junto ao fogo da lareira, na sala de visitas, sob o olhar maternal, comovido e bom de María de la Escolanía.

As pessoas vão ao Circo Price, na Plaza del Rey, rua Barquillo, nem tanto por amor a esse velho espetáculo, mas para ver as equilibristas em trajes menores. Ramper faz os nacionais rirem com a risada negra da fome. Na imprensa só se pode falar da descorna dos touros e da descorna dos vermelhos. Arburúa assina os primeiros pactos com os Estados Unidos. Arburúa, enquanto ministro, arma negociatas com caminhões (concessões caprichosas) das quais até meu mestre do Gijón, González-Ruano, tirou proveito. Martín-Artajo e Castiella assinam a Concordata com a Santa Sé, ostentando aquele traje de alamares que os diplomatas usam nessas ocasiões. Essa tal Concordata me emputece, pois significa a subordinação da Espanha ao Vaticano. Eu acredito num fascismo panteísta, laico, ateu, entre José Antonio Primo de Rivera e Hitler. Óbvio que a religião é o retrocesso recorrente da História. Por isso cada dia gosto menos do Franco. O genial futebolista argentino Di Stéfano debuta em Madri, para a ira do Barcelona, time que o contratara primeiro, o que acentua e politiza a rixa entre as duas cidades. Mas a polêmica não vai além do futebol. Alcalá 44 é a Secretaria Nacional do Movimento, a sede das essências. No portão há um par de falangistas em vigilância permanente, ante a indiferença dos transeuntes e dos carteiros. Paco Vigil, jovem falangista como eu, já me dissera: "Esses dois aí estão fazendo papel de ridículo". Alcalá 44 é um elevador como um gaiolão suicida e um zelador, cavalheiro mutilado, com algo a menos em toda a sua anatomia, alternando o lado: o olho esquerdo, o braço direito, o rim esquerdo, o testículo direito, a perna esquerda.

Alcalá 44 só ganha vida quando Serrano Suñer, Arrese ou Fernández Cuesta aparecem por lá para ditar uma carta ou fazer um discurso no balcão, como o da Divisão Azul. Mas se tem uma coisa que eu gosto é que as gigantescas flechas josé-antonianas presidam o edifício e a rua de Alcalá.

María de la Escolanía me soltou essa um dia (ou melhor, uma noite):

— Escuta, Mariano, desculpa eu falar, mas será que tua paixão por José Antonio não é um pouco homossexual?

— Vai à merda. Você não entende nada. Se fosse assim, todo mundo na Falange legitimista seria veado.

— Vai ver que é uma onda de homossexualidade coletiva.

— Se você continuar por aí, não nos vemos mais, Escola.

E afastei o lençol, deixando os dois nus, ela com seu nu de Ingres, delineado e pulcro, e eu tosco e peludo, como sempre.

Alcalá 44 é o empório do café com leite e da burocracia pela burocracia. Franco os deixou ficar para que fizessem o serviço que faltava, mas preferem se fazer de desentendidos. Para eles, basta que o jugo e as flechas, monumentais, continuem campeando na fachada e no centro de Madri, bem perto de Cibeles. Para eles, basta manter um par de guardas falangistas postados no portão, dia e noite. Para mim, não.

— Mas isso que você tem com José Antonio é ideia fixa, Mariano.

— Não começa, Escola. Chega.

Pedro Damián, o fazendeiro de Tarancón, voltou para sua aldeia com o ciúme amansado de cinquentão. Nemesio Córdoba, o vaticanista vermelho da minha pensão, rua de La Madera, não sabia que já estava sendo investigado, graças à informação que passei a Juan Aparicio. Eu gostava particularmente desse caso, porque não era misturado de ciúmes pessoais, amorosos, literários nem nada. Era a denúncia pela denúncia, uma coisa pura, crua e fulgurante como um astro. Eu ia aprendendo a ser um delator. Até então só delatara por rancor. Agora começava a fazer isso de modo altruísta. Uma denúncia desinteressada é pura como um soneto. Alcalá 44 é um casarão de burocracia defunta e café frio, uma sacada usada por

Serrano Suñer ou Arrese, sob a vigilância do Caudilho, para dizer que a Rússia é delenda ou denunciar a Inglaterra pela questão de Gibraltar. Na Alcalá 44 eu logo vi que se fazia pouca carreira.

A denúncia pela denúncia é como o amor pelo amor, como o astro pelo astro, algo que os moralistas e os astrônomos não podem definir. É nesse ponto das minhas memórias que me encontro agora. María de la Escolanía volta para a cama com dois cafés quentes e colombianos, dos que ela ganha de Pedro Damián. Tomamos sentados na cama, pensando na próxima foda. Eu me sinto puro e duro como um astro ou um deus. O que ajuda a comer Escola com violência e amor. O homem só ama quando está seguro de si. O homem inseguro sempre falha. O que eu quero impor ao meu jornalismo, à minha conduta, à minha vida, contra o bundudo do Franco, é a verticalidade de José Antonio, estendei vossos olhares, como linhas sem peso e sem medida, para a esfera pura onde os números cantam sua canção exata. Que o vulgo de Madri, que só toma café (inclusive na Alcalá 44), introjete esse apelo. Escola diz que sou um fanático. Prisca diz que sou um idealista. Vim a Madri para me corromper, e agora estou disposto a arriscar a vida pela causa do Ausente. Acabo comendo a Escola mais uma vez.

Ramón Serrano Suñer, que já mandou a Divisão Azul passar ridículo na Rússia (por lá deve andar perdido meu mestre frustrado, Ridruejo), é um fracalhão aguerrido que na Itália vive às voltas com o Conde Ciano e Ettore Muti. Continua querendo impor a Franco um fascismo espanhol, mas o fascismo de Serrano não é o meu. Vejo o personagem muito fechado em gabinetes barrocos, muito prisioneiro daquele antro de café com leite e tabaco ruim instalado na Alcalá 44. O fascismo de José Antonio, embora ele não o chamasse assim, era uma coisa mais de intempérie, mais do tiroteio na rua e da palavra ilustrada. Serrano fala burocrático e José Antonio falava lírico. Para mim, isso faz toda a diferença.

Ele se acha muito josé-antoniano, mas é um burocrata do fascismo que só faz o que manda seu cunhado, o Caudilho. Eu via por Madri jovens falangistas, cheios de uma conduta heroica, inútil e pura. Isso me comovia. Eram fortes, musculosos, podiam lutar e matar, mas viviam zanzando pelos jardins de El Retiro, brincando com barquinhos e remando no lago, com as namoradas. Eu era fraco, frouxo, mas fazia todo o dano possível com a minha pena. Machado disse a Lister: "Se a minha pena valesse a tua pistola…". Pois eu quero que a minha valha, sim. Pilar Primo de Rivera viajou à Alemanha e copiou tudo das juventudes femininas hitleristas. Mas está afeminando a Falange com tanto coral, tanta dança e tanto badulaque da vovó desencovado do baú da tradição. Já em Salamanca pactuou com Franco, depois de ter conspirado contra ele durante muito tempo. Claro que se aliou com Hedilla, e Hedilla é um medíocre que, quando não está na cadeia, está em casa recebendo quem não deve. Juan Aparicio me explica a História da Espanha, desde os tempos mais remotos até nossos dias. Você tem que visitar o Hedilla um dia desses. Eu não visito esse paspalho que pensa que é José Antonio. José Antonio só tem um.

Pilar Primo me dedicou uma foto "com saudação de braço erguido", depois que a entrevistei. Pareceu-me uma pobre mulher que pôs nas costas a imensa carga do irmão poderoso, mas está reduzindo tudo a folclore. Nunca deveria ter pactuado com Franco. Franco, Caudilho europeu. Do meu posto de espião (chamemos as coisas pelo nome), fico sabendo de mais detalhe que antes. Xavier de Echarri publica na imprensa italiana, e sua tese é que Franco é um Caudilho europeu da mesma estatura que o Duce ou o Führer. Eu já acho que Franco é um astuto traidor de José Antonio. Se as grandes flechas da Alcalá 44 não se impuserem ao regime franquista, vamos acabar num militarismo quarteleiro novecentista. Para mim, a Espanha sonhada por José Antonio está cada vez mais distante, mas é minha identidade, minha justificativa (até um cínico precisa de justificativa), minha vida, e não vou renunciar a ela. Tudo o que faço é por isso, para impor uma ordem josé-antoniana da vida, e ainda é tempo. Juan Aparicio me diz que, com essa ordem josé--antoniana, o que eu quero é me impor. Pois eu acho que isso não é oportunismo. Acho que é a mesma coisa. O fascismo deve ser cínico, frio, cruel, violento, duro e lúcido. Não me fascinam esses jovens falangistelhos que andam matando comunas por Madri. É mais o meu fazer que me fascina, o da denúncia. A denúncia é uma coisa intelectual, distante. E eu sou distante, o que também pode ser um modo de dizer que sou covarde.

Sete

Vou às touradas com María Prisca, e todo mundo ergue o braço, os toureiros e até os touros. María Prisca se envergonha, porque ela é monárquica, claro. María Prisca, grandes óculos escuros, mechas na cabeleira e cigarrilha na boca. Os fotógrafos a retratam sem saber quem ela é. Eu me envergonho, porque isso não é o falangismo, mas uma paródia.

Por ocasião do Desfile da Vitória, um tal sr. Trilles vende emblemas patrióticos a bom preço, para revenda. Eu me envergonho disso tudo. O sr. Trilles anuncia nos jornais. Por que proíbem um seio, que é uma coisa bonita, e permitem essa palhaçada? Estamos fodendo bem fodida a herança josé-antoniana. Os rapazes das tropas universitárias andam fantasiados de italianos. Gamero del Castillo (um medíocre que anda sempre atravancando o caminho), Sánchez Mazas (um homem excepcional entregue ao franquismo por desleixo), Serrano Suñer e Muñoz Grandes (um general burro, que é o que eles são) carregam o caixão do Ausente de um lado para outro. Não fazem mais do que se justificar e se explicar, criando uma Falange teatral, decorativa, enquanto continuam submissos a Franco. Foram covardes na guerra e continuam sendo no pós-guerra. Por que não deixam José Antonio em paz, pelo menos?

José Antonio cruza as ruas de Madri, as ruas da Espanha, como um toureiro morto. Sua glória começa a ser taurina. Escrevo um artigo sobre isso, contra isso, e Juan Aparicio o censura inteiro. Mas eu não quero que José Antonio seja Joselito. À merda todo mundo. Será que eu mesmo sou parte dessa farsa? É uma pergunta retórica. Mas este é um caminho sem volta. Serrano Suñer, na Alemanha, faz questão de ser fotografado ao lado de Himmler. Mas depois, aqui, conspira com os gil-roblistas[24], que foram sua origem política.

Os muçulmanos das unidades de Regulares[25] fizeram grandes estragos durante a guerra e agora fanfarronam por Madri com suas mãos de sangue e suas grandes picas. É por demais raro, meus velhos companheiros de luta, que uma geração destinada a travar uma luta de tal índole chegue a vê-la coroada pelo êxito. Isto foi para nós uma recompensa especial da Providência, Adolfo Hitler, O Führer, Discurso aos ex-combatentes. Mas os jornais madrilenhos, exceto o *Informaciones,* a cada dia dão manchetes mais pálidas para as confusas vitórias de Hitler. Franco devia ter entrado na guerra, Franco é um covarde e um galego de merda. María Prisca, marquesa apócrifa de Arambol, me leva no seu carro ministerial, através da Universitária, até as campinas plácidas e nevoentas do Clube de Golfe.

— Andam dizendo que você virou um delator, Mariano.

---

24 Referente a José María Gil Robles (1898-1980), político espanhol, deputado durante a Segunda República, em 1931. Ministro da Guerra em 1935, foi quem promoveu Franco para chefiar o Estado-Maior da Defesa.
25 Regimentos do Exército espanhol compostos de soldados marroquinos que, na Guerra Civil, constituíram uma das bases fundamentais do exército de Franco.

— E que você é a puta de um ministro, Prisca.
— Não admito que você fale assim comigo.
— Então pare o carro, que eu desço aqui mesmo.
— Também não precisa ficar assim.
— Eu fico como bem entender.
— Você não tinha necessidade de fazer isso, Mariano. Bastava usar sua pena.
— Eu acredito na Falange até a morte e vou fazer de tudo e muito mais. Quem corre perigo são vocês e sua camarilha de El Pardo, com suas amantes, suas putas e suas esposas cancerosas.
— Ah, como você é desagradável.
E María Prisca fuma seus Kedives de piteira.
— Se sou tão desagradável, desço aqui mesmo, já falei.
— Isto aqui não é um ônibus.
— É um ônibus ministerial. Eu desço quando quiser.
— Não tinha necessidade de acabar com o Benedicto.
— Foi só o primeiro.
— Nem com meu pobre poeta.
— Ele trepava bem?
— Se você me amasse, eu podia achar que foi por ciúme, mas nem isso.
Ela estava velha e feia na luz de estopa da manhã cinzenta. Fumava com temor e tremor.
— E qual é a tua próxima vítima? — perguntou.
— Nemesio Córdoba, um desses novos católicos que no fundo carregam um comunista.
— Você me assusta, Mariano.
— Pior você, que me cansa.
Eu tinha escrito um artigo baseado no rapaz da rua de La Madera, intitulado "Comunismo católico?". Nele falava dos novos católicos antifranquistas. Juan Aparicio, como de costume, logo me perguntou de quem eu estava falando. Aparicio sabia que eu nunca escrevia no

vazio, sempre de coisas concretas. Dei o serviço completo, com todos os detalhes. Ele gostou de constatar que eu estava funcionando na minha nova função de espião. Poucos dias depois, Nemesio Córdoba estava em Carabanchel, vendo o sol nascer quadrado e explicando seu cristianismo evangélico e comunista. Nem ele sabia o porquê da sua prisão.

— Mas você sabe o que está fazendo, Mariano?
— Só sei que a cada dia ganho mais e trabalho no que eu quero.
— Pensei que você fosse mais idealista.
— Sou um idealista de José Antonio, não desse caudilho nanico.
— Acho que você não acredita em nada.
— Acredito em José Antonio e em você.

E lhe dei um beijo repentino, num acerto de amante contratado. Isso a ganhou e a comoveu, enquanto íamos chegando ao Clube de Golfe, sempre ao volante o cachaçudo chofer de uniforme cinza.

— Preciso te ensinar a ser mais relaxado e mais compreensivo.
— Você precisa é me ensinar a ser um conformista, um conspirador de Martini Bianco, como todos teus amigos.

Talvez já tenha dito aqui que no Clube de Golfe sempre fazia sol, mesmo quando o dia estava nublado. Os ouros e as pratas dos troféus de golfe, os retratos de diversos reis competindo, também emoldurados em ouro e prata, extraíam do dia brilhos claros e puros que o céu não tinha.

— María Prisca, quanto tempo!
— Andei internada. Este é o Mariano.
— Já o conheço. Que rapaz encantador.

Eu vestia minha camisa branca, em vez da azul, para

ir ao Clube de Golfe. Havia placas de ouro e prata que davam luz própria ao dia cinzento. Vagos jogadores apanhavam a bolinha, ao longe. Umas doses de Chivas me reconciliaram com a marquesa de Arambol. Era a nossa bebida. Recordei com ternura a última vez que eu tinha comido seu cu.

Eu tinha visto Franco entrar na igreja de Santa Bárbara, a da Falange. Palmas e vivas para o Condutor da Vitória. De fato, palmas como em Domingo de Ramos e o cortejo negro dos falangistas, com Raimundo Fernández Cuesta como a cabeça do dragão. Depois eu soube que Franco foi vestido de falso falangista. Inclusive naqueles atos se apresentava como militar, para evitar o outro uniforme. Carmencita Franco foi com o da Falange Unificada, com as meninas de Pilar. O general García Escámez esteve em Roma tentando forjar um fascismo mediterrâneo. Este era um velho sonho de Serrano Suñer: um fascismo litorâneo e católico contraposto ao paganismo de Hitler e seu "excesso de vitória". O Duce, de pistola na cinta, recebia Serrano Suñer, aquele todo de branco e este todo de preto. O luto salmantino junto à salgada claridade mediterrânea. Nunca chegaram a nada. Franco era uma antologia viva dos movimentos que tinha amontoado em si: boina *requeté*[26], uniforme falangista, cruzes militares.

Pilar Primo traiu o irmão (nunca a perdoarei por isso), e o Caudilho condecora suas meninas com o Y de Ouro (Y de *Ysabel, Reyna Católica*). Isso tudo me parece zarzuela, mais do que política. Dionisio Ridruejo nos escreve da

---

26 *Requeté* era o termo usado para identificar as milícias carlistas, movimento ultracatólico e monárquico que existia desde o século XIX. Ativos durante a Guerra Civil Espanhola, os *requetés* se identificavam pela boina vermelha.

Rússia. Agora ele acredita em Hitler e se esqueceu do seu "Poema ao Caudilho". Dionisio já cantara demais o *Cara al sol* no Escorial, com Franco, Moscardó e os falcões vendidos do partido, para que eu o considerasse um mestre. Sua atual boemia política não me interessava. Eu o verei sempre vestido, ou melhor, travestido, daquilo que não era. Madri está cheia de *fasci littori* e cruzes gamadas[27], mas falangistas há poucos, e todos eles malandros.

Antonio Tovar está entre seminarista e nazista, mas lhe falta o arranque final que eu esperava dele. Miguel Primo de Rivera faz papel de ridículo como irmão do Ausente. O Duce é a esperança suñeriana de fazer frente ao paganismo dos alemães. Bela merda de causa. O conde de Casas Rojas, a quem um dia María Prisca me apresentou no Clube de Golfe, é nomeado embaixador em Bucareste, perante a Guarda de Ferro da Romênia fascista. Fernández Cuesta é um marchetado de paisano e falangista, no figurino e na atuação. Sinto indignação ao ver que esse homem está suplantando José Antonio, mas não posso escrever sobre isso. Pedro González Bueno era um cavador e camaleão que mais dia, menos dia acabaria se bandeando para a indústria e as finanças. Que revolucionários nos restam? No bairro de Salamanca, onde a Escolanía tem seu apartamentinho, costumo ver um homem muito alto, solitário, de rosto cinzento e cabelos grisalhos, penteados com violência, que passeia com um par de dobermanns, fala muito com as lavadeiras, os quitandeiros, os padeiros, a açougueira, o sujeito da loja de grãos e tudo isso que chamam de povo. Levantei a ficha dele e, pelo visto, é um velho ator que trabalhou com aquela puta rampeira da Xirgu e que agora está desempregado,

---

27 Respectivamente, símbolos do fascismo e do nazismo.

vivendo não se sabe do quê. Já o denunciei várias vezes, mas não o prendem, faltam provas, faltam papéis, é apenas um ator desempregado. Um dia, afinal, eu o pego no café Roma, na Serrano, que os vermelhos apelidaram de "A Tranquilidade", apresento-me como jornalista, invoco suas glórias de ator ao lado da Xirgu e de García Lorca e lhe peço uma entrevista.

— Não estou autorizado a dar entrevistas, jovem.

Tem um olhar irônico e judaico. É um homem sem nervos e sem medo.

— Seria uma entrevista puramente artística, literária.

O sujeito fuma sem afetação, por puro vício ou hábito. Sua naturalidade me desarma um pouco.

— Mas eu já o vi aqui pelo bairro, jovem, de camisa falangista.

— E o senhor acha isso ruim?

— Acho que um falangista não pode fazer entrevistas apolíticas.

Não imaginava que o sujeito podia ter reparado em mim alguma vez. Os dobermanns pretos estavam com a bocarra aberta, como se esperassem o sinal para a dentada, e os olhos inteligentes, como se soubessem que eu perseguia seu dono.

— Por que o senhor anda sempre com esses cachorros?

— Que eu saiba, não é ilegal. Ou os cachorros também perderam a guerra?

— O que o senhor pensa disso? É uma boa pergunta para a entrevista.

— Penso que a guerra foi perdida pelos vermelhos e pelos cachorros.

— O senhor tem antecedentes vermelhos.

— Só tenho antecedentes comediantes, e o senhor sabe disso, porque já os puxou.

— Não precisa ser insolente.

— Desculpe, mas há milhares de rapazes como o senhor em Madri. Conheço bem o tipo.

O Roma ia se enchendo de uma juventude entre monárquica e falangista, na hora do aperitivo. Cheirava a café forte e garota topolino. Um dobermann chegou a pôr as patas sobre mim. Poucos dias depois, o comediante mudava de bairro, e eu o perdia em Madri.

O Reichführer S. S. Himmler, com sua equipe de especialistas em ordem nazista, visita Franco na presença de Serrano. Franco continua vestido de militar, mas Serrano aparece de preto falangista, quando ele é um católico, palhaçada. Dia do Silêncio na Gran Vía. O cadáver do Ausente passou a caminho do Escorial e recebeu coroas de louros, do Führer, e de bronze, do Duce. A Callao era um palmeiral de braços erguidos, sob os cartazes irônicos dos cinemas anunciando filmes americanos com loiras perigosas. Antigamente, os manifestos de José Antonio sobre o fascismo espanhol circulavam de mão em mão. Agora desapareceram. Franco se socorre de Serrano e do barão de Las Torres para implantar um Novo Estado antigo. Cada dia está mais bundudo e barrigudo. As faixas nacionais seguram a duras penas sua figura castrada. Juan Aparicio me conta o que ele escreveu em 1932 na revista *El Fascio*. Aparicio, sim, é um fascista, mas acho que está entregando os pontos.

Mayalde recebeu Himmler em outubro de 1940. Valdés, Arrese e Luna tomam a Secretaria Nacional de Sindicatos. Arrese é um estilizado com tendência a engordar, um falangista com tendência a prosperar, um homem que não me agrada nem um pouco. Franco se ajoelha aos pés dos bispos que antes se ajoelharam a seus pés. A Divisão 250 do Exército alemão, aqui chamada Divisão Azul, por pieguice de Arrese, era comandada por Muñoz Grandes, esse militar nobre, resoluto e medíocre, e o Führer o condecora com a Cruz de Cavaleiro com folhas de carvalho. Não basta chegarem cantando hinos. Nós não podemos nos congraçar com essa gente que habituou os pulmões e as entranhas a viver nos climas morais onde podem florescer o mercado paralelo, José Antonio Primo de Rivera, Cine Madrid, 17 de novembro de 1935[28]. Pedro Damián, o protetor de María de la Escolanía, negocia no mercado paralelo todos os produtos da sua fazenda, e ainda por cima é um casado, um solteiro ou um viúvo que sustenta uma barregã em Madri.

— Não vá denunciar o homem por isso — me diz Escola, recém-maquiada, ela inteira cheirando a Pond's, a batom, a creme Caffarena, cheiros que me agradam e excitam, embora eu goste mais do seu cheiro natural de fêmea branca, inocente e um pouco puta.

— Se não o denuncio, é por você. Sei como isso complicaria a tua vida, e eu não estou em condições de te sustentar. Mas fique sabendo que a partir de agora ele está jurado.

— Pedro Damián é um santo.

— E eu sou um canalha fascista, mas um canalha que faz justiça.

— Também não precisa ficar assim, vai.

María de la Escolanía está cada vez pior da tosse. Acho que ela tem uma tísica galopante, mas não digo nada. Um dia vamos perdê-la os dois, o traficante de gêneros e eu, e choraremos juntos, com uma taça de conhaque Veterano, como choram os homens.

— O que eu quero é limpar a Espanha do franquismo corrupto e que volte a Falange.

— Você é um idealista, é por isso que eu te amo.

---

28 Em 17 de novembro de 1935, José Antonio fez, no Cine Madrid, o famoso discurso de encerramento do II Conselho Nacional da Falange.

Estávamos na cozinha do seu apartamentinho, onde tivéramos o diálogo a três com Pedro Damián. As cortininhas xadrez branco e vermelho são o que me dá mais intimidade e mais desejo de possuir Escola. A Escola tem a boceta sempre molhada, como transbordante de um mel sexual. María de la Escolanía deve antes ser bem masturbada no clitóris, com minúcia (mantenho aparada bem rente a unha do dedo médio da mão direita, porque qualquer coisa a machuca), e, quando ela chega ao orgasmo, um dos seus tênues, quebradiços, suspirantes e adoráveis orgasmos, é que aproveito para comê-la bem comida.

María Prisca, marquesa apócrifa de Arambol, já é outra coisa, uma mulher ardente (das poucas), de resposta fácil e rápida na cama, e assim dá gosto foder, mas a maioria delas é inferior a nós na velocidade orgástica, o que explica todas as suas inferioridades. Um sistema fascista deve manter a fêmea sempre em segundo plano, na sua condição de perpetuadora da raça, e mais nada. As patacoadas que Pilar Primo anda fazendo com os Coros e Danças são um modo de ocultar a evidente inferioridade feminina. As mulheres deviam ser fodidas logo depois de morrerem, como fez o pré-romântico Cadalso, porque aí não falam nem interferem. Elas foram feitas para a procriação, não para a sexualidade, e devem ser tratadas como os velhos, os deficientes, os idiotas, os fracos, os frouxos, os judeus, os traidores (extermínio), só que selecionando os melhores exemplares para a reprodução e para o nosso desfrute.

— Você ainda me ama, Mariano?
— Se não amasse, não estaria aqui, Escola.
— Então me dá um beijo.

E eu lhe dava um beijo seco, que é o beijo pós-coito, enquanto pensava na conveniência de delatar o fazendeiro e ficar com a tísica só para mim.

Oito

Projetam o Vale dos Caídos, onde meu querido Damián Rabal iria quebrar pedra. O monumento foi erguido com o esforço dos presos republicanos, mediante a formidável máquina de remição de pena pelo trabalho, idealizada por um padre de Franco. Sánchez Mazas, de formação romana e cultura clássica, pôs lá sua medíocre inspiração arquitetônica, e Juan de Ávalos, meu querido amigo, pôs umas esculturas imensas que criou por encomenda. Serrano Suñer e Esteban Bilbao também participam do projeto. Vejo claramente que é o futuro panteão de Franco, e não gosto nem um pouco desse projeto panteônico. Todos vão às reuniões usando luto falangista – pelo Ausente? –, mas Franco segue firme no uniforme militar. Não toma partido. Sabe mais do que eles. São uns tapados. A Frente de Juventudes está coalhada de filhos de vermelhos que, escaldados, entraram na Falange para ganhar boina, botinas e melhor comida. Serrano revisita as Falanges do Mar, com o medíocre Gamero e o sancionado Queipo de Llano (Franco ditou pena de silêncio contra ele, por suas conspirações falangistas).

— Os aliados já perderam a guerra – Franco me diz numa entrevista/questionário arranjada, naturalmente, por Juan Aparicio. Mas Franco logo muda de opinião e de embaixadores.

As Centúrias do Trabalho enchem Madri de "um cheiro de ferramentas e de mãos", como diria Miguel Hernández, que agoniza num pulmão de aço, assediado por Josefina e Juan Guerrero Zamora. Essas centúrias são uma invenção de Gerardo Salvador Merino, um nacional-sindicalista de 1942.

A Frente de Juventudes desfila a passo de marcha no Escorial. Acho que toda essa atividade exterior carece de doutrina, de fundamento interior, de introjeção falangista. Nenhuma dessas pessoas saberia recitar os Pontos da Falange[29]. Franco reservou a política para si e sua turma, relegando a Falange ao seu furor de viver, ao esporte e à violência, o que já é uma interpretação de má-fé das palavras de José Antonio.

A Junta Política é constituída por Arrese, o bispo Eijo Garay, Blas Pérez González, Ibáñez Martín, Esteban Bilbao, Demetrio Carceller, Pilar e Miguel Primo (uma concessão à família) e meu chefe mediato superior, Arias Salgado. São o fascismo à paisana acrescentado de padres e mulheres. Ou seja, não são o fascismo. Franco montou o tablado da antiga farsa. Mas nós, os camaradas da velha e da jovem Guarda de Madri, levamos nos ombros a coroa de louros até o túmulo do Ausente. Juan Aparicio, sempre mascando seu charuto apagado, me envia ao coração da notícia, e eu faço a crônica dessas noites de conhaque e intempérie, de palavras e lustres, entre Madri e El Escorial, mas qualquer canto ardente a José Antonio é censurado (a pior censura não foi exercida naturalmente contra os vermelhos, mas contra nós, os do sistema). Eu, em todo caso, fui ganhando fama de bom prosador e grande repórter.

---

29 Referência aos 27 pontos que constituem o programa político da Falange.

Fiz uma entrevista com Juan de Ávalos, eu sempre arrebatado pela estética:

— E o que você se propõe a fazer no Vale dos Caídos?

— Algo que corresponda à grandiosidade do conjunto.

— Dizem que você foi comunista antes da guerra, com Camón Aznar.

— Besteira.

— E essa encomenda?

— Todo artista teve um mecenas. Michelangelo teve um mecenas. Antigamente, o mecenas era a Igreja, agora é o Estado.

Coberto de razão, o meu querido Juan. Um dia conheço uma basca no Gijón, María del Puerto, de mente em branco e corpo glorioso. Logo a levo ao meu querido Juan para que a use como modelo no seu trabalho em Cuelgamuros. Puerto pode ser a Musa, a Pátria, a Vitória, o diabo, o que você pedir. O corpo da mulher é muito alegórico. Ávalos enlouquece por ela, fazem algumas sessões de barro e desenho, até que de repente Puerto desaparece do Gijón, da casa de Ávalos (que lhe pagava muito bem), da minha vida e da vida. Eu tinha comido a Puerto bem por cima, por medo da sua promiscuidade e por não querer outra mula ou purgação (já tive uma), mas não sei se Juan foi mais fundo. O fato é que ele perdeu a modelo e eu perdi a amante, e como era, meu Deus, como era a transparência, Deus, a transparência. Mas Puerto tinha um gigolô que lhe batia e por isso sumiu. O grande Ávalos me perguntava por ela:

— Encontre María del Puerto, que me deixou o conjunto e a alegoria por terminar.

María del Puerto, a basca, passou pela nossa vida, querido Juan, como uma deusa tola e nua de quem nunca mais saberemos nada. Essa é a condição das musas e das estrelas nascentes. Em todo caso, você é o Rodin do momento e pode encher a Espanha de senhoritas bundudas que com sua bunda alegorizam a Agricultura, as Ferrovias, a Ditadura, a Liberdade, a Pátria, a Arte, a Agronomia, o que for.

No frontão de pelota basca faziam apostas e amor com as pelotárias, mas eu não tinha vontade de ir lá. Era coisa de antes da guerra, que também os republicanos haviam praticado. No necrotério do cemitério ficavam os cadáveres dos fuzilados ao amanhecer. Algumas noites eu ia lá em busca de notícias, de assunto para uma reportagem (embora a repressão só aparecesse em notas mínimas na menor letra do prelo, e apenas em parte). Naquela noite encontrei uma morta recente, loira, que era um Ingres perfeito e nu, de 25 anos. Falei para o pessoal do depósito, sei que vocês comem algumas mortas, mas essa aí é minha, senão denuncio todo mundo aqui. Com a morte, os mamilos da loira de Ingres tinham se retraído, ela só tinha uma bala na cabeça, mas as lindas madeixas loiras disfarçavam o buraco, que era como um brinco de sangue no ouro dos cabelos presos.

Foder uma morta recente e ainda quente tem toda a doçura da submissão, do silêncio, do segredo. Nunca gozei com tanta intensidade, duração e perfeição como dentro de uma morta. Pergunto o nome da justiçada, e me dizem que é Filomeno, o que prova que a ficha estava errada, como todas, mas minha amada morta já é para mim Filomena e eu gozo mais uma vez dentro dela, cheio de amor, de paixão desesperada, como Cadalso, o pré-romântico que fodeu a noiva morta, com intenção e respeito. Os mortos a gente só pode comer com o devido respeito e submissão: é o mínimo. Os porteiros são sorridentes e maldosos, os porteiros, no tempo da guerra, denunciavam os almofadinhas do térreo à direita para que morressem nas mãos da horda, e assim foram salvando sua vida de lúmpen (ou seja, de povo a serviço e disposição da burguesia). Agora, com o mesmo sorriso cinza de prata falsa denunciam os advogados liberais e os catedráticos de Azaña que moram no segundo andar à esquerda. As mortas recentes conservam uma estranha e curiosa umidade na vagina, como um orgasmo póstumo, o orgasmo da morte, como a ejaculação do enforcado (o garrote vil não produz ejaculação, nem o fuzilamento, somente a forca). A boceta das mortas jovens e recentes conserva um calor e uma doçura muito bons de foder, e é como se fosse a última oração, um tributo que você faz por sua alma e por seu bendito corpo de pão com vermes. Os porteiros da situação foram antes da outra situação, os porteiros sempre sobrevivem a todas as situações, são imortais como os filósofos e os que viram nome de rua. Os porteiros são delatores, como os serenos e os garçons, eu também sou delator, mas é diferente. Filomena tem o perfil e as mãos de um alabastro fino e mortal. Filomena tem sardas de loira por todo o corpo, mormente no colo e nas costas. Filomena, como eu disse, tem os mamilos encolhidos, escondidos, coisa que acontece com quase todas as mortas, exceto as negras e as madeirenses. Filomena, como eu já disse, é como foder um Ingres ainda em boas condições. Os porteiros de Madri tingem os fios brancos com gotas divinas, como os poetas líricos do café Gijón, os porteiros de Madri abrilhantam o sorriso cinza com Profidén e fazem gargarejos com Oraldine para ter a voz mais amável e untuosa, mais propícia à gorjeta, bom dia senhor, dormiu bem senhor. Os porteiros de Madri são veados reprimidos que nem sabem disso, talvez com cinco filhos e uma esposa artrítica. As mortas loiras e jovens, as fodidas ao amanhecer, têm a boceta úmida e grata, talvez porque o falangista ou o soldado a comeu antes de fazer justiça, e você escorrega o pau na lubrificação do sêmen de um sargento.

Yagüe tomou Badajoz com muito colhão. O vinho de Arganda é bom de dividir com o pessoal do necrotério, com os funcionários do necrotério, que me permitem comer a morta Filomena (que é como a chamei) com discrição, solidão e conversa:

— Mas como vai se chamar Filomeno, se é menina?
— É o que diz a ficha.
— Bela merda de fichas que vocês fazem, vou denunciar todo mundo.

As pelotárias do frontão também dão, mas com elas eu vou menos. As pelotárias do frontão dão a dinheiro, enquanto as mortas como Filomena são desinteressadas, embora um pouco frígidas, a bem da verdade. As melhorzinhas que dá para pegar são as dopadas ou recém-fuziladas. As vivas e as despertas falam sem parar. Filomena, com a boceta agora quente do meu próprio sêmen, com a vagina transbordante (o corpo morto já não assimila), Filomena, digo/dizia, ainda aceita meu terceiro e último gozo, que já é falso e frouxo, meio mole, estimulado apenas pelo vinho de Arganda que me deram os honestos funcionários do necrotério, "as classes laboriosas", como eles chamam a si mesmos, porque *laborales* é palavra nova que ainda não assimilaram. Bêbado de Arganda e fornicação, choro sobre o corpo Ingres de Filomena, que vai esfriando com a alvorada.

Tenho uma pistola Star. Na Alcalá 44 me deram uma pistola Star, de fabricação nacional, portátil, agradável, manejável. Mas não penso usá-la. Matar é monótono como foder. Matar cansa e entedia. Olho para minha pistola Star à noite, na casa de Escola, quando ela dorme, limpo e acaricio a máquina, mas ela me é indiferente. Prefiro a denúncia, que é meu negócio, ao crime.

Em Carabanchel estão meus delatados (por meio de artigos genéricos, impessoais, alguns sem assinatura), em

Carabanchel está o poeta gordo e suicida amigo de María Prisca, se ainda não o levaram para alguma das Tchekás que Franco herdou dos vermelhos, como a da Porlier, para junto do poeta José Hierro e do grande Zugazagoitia. Em Carabanchel está Nemesio Córdoba, o católico progressista de olhos azuis e revoltos, o marxista cristão. Tudo isso me interessa mais que matar por matar, como faz esse carro fantasma dos jovens falangistas, que passam as noites perseguindo comunas por Madri. Fazem seu julgamento sumaríssimo dentro do próprio carro, um Ford T do papai, e em seguida os executam no pinhal de Chamartín ou ali por perto.

Filomena, a morta, era mesmo gostosa. Mas matar é tão monótono como foder, já disse. A denúncia é intelectual e se vale da distância. Yagüe, quando tomou Badajoz, organizou uma tourada com padres, freiras, frades, operários e tarefeiros, camponeses e metralhadoras. Tudo isso me parece o costumbrismo da morte, coisa que eu detesto.

Já no Ford T dos falangistelhos adolescentes penso ir uma noite dessas, para fazer uma reportagem, mesmo sabendo que vai ser um porre. Matar, como eu disse, é tão monótono quanto foder, minha Star novinha me fascina como objeto, como um violino da morte, mas duvido que a use contra alguém. O fascismo é um dandismo, e eu aspiro ao dandismo violento e sereno dos alemães.

María Prisca toma todos os picos para continuar vivendo e com vontade de foder, de viver e de cornear seu ministro, que por ora parece bem seguro no Pardo. María de la Escolanía dorme no quarto ao lado e respira, ao dormir, como um acordeão de porto, ferrugento de maresia. Essa mulher está partindo de nós, de Pedro Damián, o fazendeiro, e de mim.

A Star é de um negro azulado, de um azul negrejante que fascina. Eu poderia usá-la uma única vez contra alguém, mas não sei contra quem poderia ser. Das minhas mulheres, não quero matar nenhuma, e Filomena, a mais gostosa de todas, já estava morta. Há mortos, emigrações e imigrações na estação do Meio-Dia[30]. Tudo cheira a pólvora e muita família. As pensões da Gran Vía continuam cheirando a província e arroz à cubana. Este bairro de Salamanca cheira melhor e aqui se averiguam mais coisas. Estrada de San Isidro, matadouros, com sua beleza de sangue humano e sangue de rês divina, ou seja, o homem, com quartéis e ciganos, acho que vou ter que acabar com os ciganos, uma variante pobre dos judeus, se eu tivesse coragem diria isso ao Generalíssimo, por ora só o digo a Juan Aparicio, que é um conservador da revolução, como se vê:

— Os ciganos deviam ser todos aniquilados, são os parasitas do sistema, não são espanhóis.

— Parece que você aprendeu rápido demais com Hitler. Calma, rapaz.

E Juan Aparicio sorri e masca seu charuto apagado. Procura algum papel, alguma coisa, talvez fósforos, em todos os bolsos da sua estranha jaqueta, que não é militar nem civil. Há lixões na margem direita do Manzanares, estão queimando desperdícios, queimando pobreza, queimando merda. Falei com um deles.

— Aqui, se bobear, roubam as tuas meias com você andando.

São parasitas do novo sistema, como as mulheres e os inválidos. Por que Franco os tolera? Tenho uma pistola Star, novinha, fabricada em Bilbao, e poderia acabar com todos eles impunemente. Mas Juan Aparicio não me deixa. Só quer que eu escreva, e passo as noites escrevendo crônicas delatoras, enquanto María de la

---

30 Primeira estação de trem de Madri, hoje ampliada e conhecida como Atocha.

Escolanía dorme com seu sono entrecortado e sua respiração tísica de acordeão enferrujado pelo mar, como uma puta de porto, que é o que ela é, embora comigo e com o infeliz do Pedro Damián ela pose de senhorita filha de um tabelião, como todas, até as do Chicote, como se os vermelhos só tivessem matado tabeliães, olhei o registro e vi que não há tantos tabeliães na Espanha. Viva a Espanha, *arriba España*.

Há mortos nas oficinas de Pacífico, a repressão de Madri está sendo feita sem reparos, ainda bem, há mortos na estrada de Chamartín, empoados de luar, uns trezentos mortos por dia, acho que a coisa não vai mal, a Tcheká da Génova funciona a todo vapor, e eu tenho uma Star novinha, bilbaína, de um negro que azuleja de um azul que negreja, mas continuo achando que a denúncia é mais intelectual que o crime, e antes de mais nada eu sou um intelectual.

Nove

Na margem direita do Manzanares acampam pessoas que sobreviveram à guerra, não se sabe se a Franco ou ao general Rojo, mas lá estão elas, todas da cor da pobreza, fazendo fogueiras de pura fumaça, sem fogo, caçando e comendo ratos do rio, e daqui, onde vim vê-las, se avista o Palácio de Oriente, dos fundos, basílica das aparições de Franco, com sua indiferença de pedra por esta Espanha que não é a imperial. Eu mataria toda essa gente, mesmo que tenha vivido à margem da guerra e à margem da paz, regida apenas pelo curso pensativo e magro do rio. Mas no meu regime josé-antoniano ideal não há lugar para os párias nem para os parasitas.

Estou com elas, estendo minhas mãos para a fumaça das suas fogueiras sem fogo, respiro o perfume longo, memorial e sinistro das suas fogueiras de lixo e experimento uma paz selvagem e estranha que me nego a reconhecer como a paz dos inocentes. A História nos ensina que não há ninguém inocente numa sociedade, nem sequer os marginais a ela, como essa gente de lenha molhada, as meninas velhas e os cachorros cheios de sarna e de ternura. A primavera é uma paz de março com sol bobo entre as árvores felizes, entre os abetos e as magnólias de um verde inaugural e perdurável. Não me decido a denunciar ninguém em particular nos meus informes, mas sugiro que toda essa miséria, tão perigosa para a imagem do Regime, seja varrida de Madri. Na margem direita do Manzanares, ou seja, seguindo para o fluxo do rio rumo ao sul, faço amizade com Perpetuo, um homem sem sobrenome nem passado, mas com uma família enxuta e encantadora: a mulher, uma galeguinha tola e meiga, e a filha, uma menina loira, alta, digna, delicada, como uma princesinha apócrifa nascida da imaginação do rio mais que da miséria dos pais.

— E você, Perpetuo, o que pensa da guerra?

— Que ganhe o melhor, *patrãocinhu*. Sempre ganha o melhor, como agora, que o Generalíssimo é meu patrício, não me lembro de onde.

— É de El Ferrol del Caudillo, Perpetuo, de El Ferrol.

Porque Perpetuo também é um tanto galego.

— Desculpe, *patrãocinhu*, mas me deu um branco.

— Será que você não é meio vermelho, Perpetuo?

— O *patrãocinhu* é da polícia, ou o quê?

— Você sabe que sou apenas um estudante solitário.

— Falei pelas perguntas, e me desculpe. Mas o que é ser vermelho, *patrãocinhu*?

— De esquerda, dos que perderam.

— Um galego nunca é dos que perdem, *patrãocinhu*.

— Obrigado, Perpetuo. Você é povo são, e vou te ajudar no que eu puder.

— Obrigado eu, *patrãocinhu*.

Juana, a filha de Perpetuo, é uma menina que muito me agrada, com a cabeleira arruivada e selvagem, as pernas longas de gazela, os olhos verdes, intensos, grandes, perdidos, as mãos de infantazinha e o gesto arredio, solitário, displicente e livre.

Já me esqueço de María Prisca, de Escola, de Filomena, a morta que comi no necrotério (a melhor de todas), me esqueço de tudo que não seja Juana, que tem 13 anos e pode ser o preço que vou cobrar de Perpetuo por tirar toda a família da merda, do lixo, das folhas secas, da margem direita do Manzanares, que é a margem separada da cidade pelo rio, a margem maldita dos solitários, dos suicidas, dos delinquentes, dos perseguidos e dos párias.

Na margem direita do Manzanares acampam pessoas que sobreviveram à guerra, que não viveram a guerra, perdidas entre as folhas do outono, todas de um fogo morto, e as folhas da primavera, todas de um verde virgem.

— Comigo, *patrãocinhu* Mariano, a guerra passou por alto, ou de ladinho, não sei, mas na família não houve defuntinhos.

— Isso porque você é um homem tranquilo e bom, Perpetuo.

— O senhor que está dizendo, *patrãocinhu* Mariano.

Daqui não sai uma reportagem com força, mas volto lá e não paro de voltar, porque isto é a paz e porque gosto muito de Juana, da menina Juana. Março campeia entre sóis e cinzas, entre neves e luzes. Juana recolhe gravetos, insetos, pedrinhas de mar, mais que de rio, anônimas e coloridas como joias, na margem, já perto da Ponte de Toledo, tão barroca, toda pedra de ouro, toda ouro em pedra, um monumento com luz e febre de criança. Estou me apaixonando por essa menina, e março corre pelo céu como uma carreira de cavalos, como a *rapa das bestas*[31] em que Perpetuo trabalhou na sua Galícia. Só que as bestas são nuvens.

— Eu vou te arranjar um emprego de gari, Perpetuo.

— Obrigado, *patrãocinhu*, mas estou melhor aqui, *patrãocinhu*, sem feitor nos costados. Aqui a gente manda na nossa miséria, *patrãocinhu*.

Quando o trem que vinha de Jaén parou em Getafe, carregado de tarefeiros que haviam tentado uma revolução

---

31 Prática tradicional, cultivada até hoje em diversos pontos da Galícia, que consiste num mutirão anual para recolhimento e tosa de cavalos selvagens que vivem soltos nas serras.

agrária, a terra para quem nela trabalha, foram fuzilados trezentos deles. Em La Mancha, pelos lados de Socuéllamos, também há muita perseguição do camponês marxista. Um para o poço, outros com cartucho de dinamite, outros na pira de gasolina, outros passados na faca, a família Martínez Acacia que o diga, até que restou só um, boticário e poeta, que morreu no Gijón de derrame cerebral. Em Oropesa tourearam o cabeça do sindicato, picado e bem picado, com direito a bandarilhas com navalhas e a estocada final. Também arrancam seus olhos, aos punhados, e os jogam em sacos, como se fossem mariscos. Eu já enfiei a mão num desses sacos e tirei um punhado de mariscos humanos do olhar. Sei que o homem pode suportar tudo e que a Ordem geral, apolínea, josé-antoniana, é superior a esse nojo individual da pessoa, com suas vísceras, seus charcos de sangue e baba, sua merda delicada e barroca.

María Prisca me telefonou a altas horas:

— Vou passar aí de carro, e você vem comigo, é urgente.

Estava eu lá trabalhando na Underwood, numa reportagem sobre os casos que mencionei acima (depois censurada), estava eu tão belamente na casa da Escola, com o corno na sua aldeia e ela na cama, que naquela semana andava meio ruim da tosse (fiz María Prisca acreditar que eu tinha arranjado uma nova pensão). Beijei a tosse contagiosa e adorável de Escola, desci para a rua e entrei no carro do ministro *don* Sancho.

— Vamos ao necrotério. Juan Bosco se suicidou na cadeia.

Juan Bosco, o poeta gordo e barbudo, bom e sorridente, pérfido e de meia-voz, jaz nu sobre uma mesa de mármore basto no necrotério. María Prisca está de óculos escuros grife Pedro Rodríguez, como as artistas nessas ocasiões. Juan Bosco se enforcou com uma meia-calça, pendurada no teto.

— E onde foi que ele arranjou uma meia-calça, meu amor?

— Bom, Juan Bosco me pediu um par uma vez, usado, porque ele era muito fetichista, e eu lhe dei essa lembrança. Coisas de poeta.

— Coisas de corno. Teve que ceder o lugar para mim.

Mas María Prisca, marquesa de Arambol, reza ajoelhada. A oração é uma boa maneira de não responder às perguntas difíceis. Fabián, o "mecânico" de *don* Sancho, o ministro, nos levou impassível até o necrotério, como sempre (o necrotério onde não há muito tempo forniquei a bela morta Filomena, que era uma cabeça de Botticelli e um corpo de Ingres). Fabián, o "mecânico", pita com os fulanos do necrotério, os coveiros que aposto que comem todas as mortas jovens que chegam lá, é uma tradição que vem dos egípcios, Sinué já fazia isso, o safado.

— Você matou o Juan Bosco com sua denúncia, Mariano.

— Você matou o Juan Bosco, o grande poeta social, com sua vaidade, Prisca. Quando ele te pediu umas meias de lembrança, teu coquetismo falou mais alto, e você entregou a arma para ele. Que é que um morto pode querer fazer com meias de mulher, a não ser se suicidar?

Juan Bosco, deitado na mesa de mármore, nu e gordo, era como um porco pronto para a matança, um porco que faz poemas e que ficou barbado de tanto esperar seu São Martinho[32]. Sinto nojo, indiferença e pressa de sair de lá. Minha discussão com María Prisca soa teatral no

---

32 Referência à expressão "*A cada cerdo le llega su San Martín*" (Cada porco tem seu São Martinho). A origem remete à festa de São Martinho, em 11 de novembro, na qual se matavam vários porcos para garantir carne durante todo o inverno. É usada no sentido de que cada um tem o seu destino, ou castigo.

vazio do necrotério, um local que evidentemente não foi pensado para a audição.

— Você fez questão de me trazer aqui para eu ver a minha obra. Achou mesmo que esse porco com os bagos encolhidos pela morte iria me impressionar?

— Às vezes você chega tão longe que não consigo te entender, Mariano.

— Nem eu a você. Por que não veio sozinha rezar para o seu velho garanhão?

— Você o matou.

— Foi ele que se matou, se suicidou.

Como é possível matar um homem com uma crítica de poesia, com alguns elogios? Pois bem, eu tinha conseguido. Para mim, agora, tanto faz Juan Bosco estar morto ou vivo, e só penso que um dia desses terei que voltar ao necrotério para visitar o cadáver de Nemesio Córdoba, o cristão marxista e corcundinha da rua de La Madera. Eu gosto do início do meu trabalho, mas o final não me interessa.

— Vai à merda, María Prisca.

— Agora vamos é para o carro, que Fabián nos espera.

Já na casa dela, dois Chivas à saúde do morto e uma foda a altas horas, uma reconciliação, uma comemoração. Com a madrugada, chegou a felicidade.

Os presos que não confessam têm os tornozelos limados. Toda noite há fuzilamentos na Casa de Campo e na rua de Maudes. Franco está limpando os porões da Espanha, como quem limpa um navio, e nisso estou com ele, embora os falangistas façam muita coisa por conta própria, é uma liberdade que o Caudilho lhes dá para se desafogarem, e, claro, erram a mão. Juan Aparicio me explica, mastigando seu charuto apagado e babado, que 70% de Madri é de direita e está com Franco. Pois eu estou é com os outros 30%. De vez em quando me aparece um peixe grande, um Real Arco, grau 13 da maçonaria. Isso é um presente, mas já restam poucos, e alguns intocáveis, como o duque de Alba.

Rondamos os 70 mil mortos. A cifra me parece correta. Em Madri funcionam uns 150 tribunais de urgência, onde se ventila o processo sumário e se fuzila o vermelho. O parque Dehesa de la Villa aparece todas as manhãs florido de advogados *azañistas* e mulheres de Vallecas que queriam um filho de Stálin, as vadias. O Ateneo Libertario de Cuatro Caminos é hoje um tribunal de Franco onde se julga rápido, mas com justiça, e poucos se salvam. Os maçons já nem sequer são submetidos ao processo de exorcismo do desenhista Demetrio, porque isso toma muito tempo. Escrevi a Juan Aparicio: "O melhor exorcismo, para um maçom, é o paredão". A tipografia de *D. Quixote*, como já foi dito, na rua de Atocha, é hoje outro tribunal que funciona no limite, rápido e eficiente. Alguns acabam com as pálpebras e a boca seladas com alfinetes de fralda, para não continuarem blasfemando.

Chega ao escritório de Juan Aparicio uma carta de Nemesio Córdoba dirigida a mim, enviada de Carabanchel, pedindo que eu vá falar com ele. E decido ir. Sinto um prazer agudo e misterioso em falar com a minha vítima. Nemesio Córdoba, do outro lado da grade, mínimo e torto, com os olhos de um verde azulado revolto, agradece a porção de tabaco que levo para ele e se põe a fumar com sofreguidão, alegria e unhas pretas.

— Sim, você está aqui por causa da minha denúncia, Córdoba. É isso que você queria saber?

— Leia Santo Anselmo, por favor.

— Eu só leio José Antonio. Quais são as acusações contra você?

— Nenhuma, mas para mim tanto faz. Aqui estou bem.

— Resolveu bancar o mártir, miserável?

— Mártir só quer dizer "testemunha", o que não é grande coisa. Não pense que estou fazendo um papel, Armijo.

— Eu só quero que você passe uma temporada aqui dentro. Teu cristianismo marxista é um absurdo que me emputece.

Fabián me levou até lá no carro ministerial. As manhãs de Carabanchel já são primaveris. Os familiares dos presos são uma multidão cor de desespero que tagarela, protesta e até canta, entre as coronhadas dos soldados. Fabián fuma impassível dentro do carro, feliz e imóvel, ao abrigo da manhã de março, tormentosa de gente e de presos.

— Como disse Santa Teresa, "és pura escuridão", meu filho.

— Pare de usar Santa Teresa como se fosse La Pasionaria. Eu vim aqui porque você me chamou e para saber se você precisa de alguma coisa.

— Preciso de amor.

— Lamento. A única coisa proibida aqui é foder. Trata de arrumar algum colega que te enrabe.

— Você não entende nada, Armijo. Quero o amor dos presos, dos guardas, quero seu amor e de todo o mundo. Eu acredito num mundo de amor, e não neste mundo de morte que nasceu da Vitória.

— Isso é coisa para você dizer num tribunal, e pode te custar a vida.

— Amor é perder a vida por alguém, por algo, por todos.

— Você não é um marxista. Você é um liricoide safadinho que ainda não se definiu sexualmente.

— Obrigado pelo tabaco, Armijo.

— Não tem de quê, Nemesio. Teu amor universal não passa de soberba, outra forma de dominação.

— Como a de Hitler?

— Isso mesmo, como a de Hitler.

— Eu achava que você fosse mais preparado, Armijo.
— Você está preparado para uma coisa, e eu para outra. Não vai me perguntar pelo seu futuro?
— Meu futuro é o céu.
 Desatei a rir.
— Você é um beato de merda, Nemesio.
— Teu amado José Antonio acreditava no céu.
— Eu não sou José Antonio e só acredito na purificação aqui na terra. Ou seja, na morte.
— Vocês vão me matar, Armijo?
— Isso já não é comigo. Eu tenho uma pistola, mas matar me dá nojo. Nunca vou usar a arma. Apenas me limito a opinar sobre as pessoas que conheço. Adeus e boa sorte, Nemesio. Você é só um caso estranho, e nós não gostamos dos casos estranhos.

Dez

As *paellas* de Alfonso Camorra, no Riscal, já correm por aí em coplas populares. É a fome saciada dos ricos cantada com inspiração e abstinência pelos pobres, velho nicho da Espanha, que por todo o mundo corra urgentemente a voz da excelência do arroz do Camorra. Na Catalunha rondamos os 9.385 fuzilados. Era a zona mais perigosa e difícil de limpar. Nemesio Córdoba nem sequer merece o paredão. Eu o despacharia a Cuelgamuros, para trabalhar com o buril a pedra inspirada do meu amigo Juan de Ávalos. O sol da Castela mística que ele tanto ama pode secá-lo em quatro dias. Agora só posso comer a Escola com ela por baixo, se eu peço para ela montar, logo tem um acesso de tosse e tenho medo de que um dia ela cuspa sangue em mim, o que brocha qualquer um. A menina Juana continua catando pedrinhas do mar à beira do rio; eu tenho planos para essa menina. María Prisca me conta que *don* Sancho e sua esposa cancerosa merendaram em El Pardo com Sua Excelência, chocolate com churros, todos de muito bom humor, Sua Excelência estava muito inspirado contando casos da África e da Legião, que é seu tema preferido. María Prisca, por ora, vê a situação segura do lado dela, e portanto também do meu. Pedro Damián vem periodicamente da aldeia trazendo umas cananas de perdizes para Escola e uma cesta de ovos, a tosse dela diminui comendo mais ovos, eu que o diga, filha, cheguei à conclusão de que Pedro Damián sabe e não sabe do nosso caso, e o aceita e não o aceita, prefere a ignorância a perder Escola, e assim nos damos muito bem e dividimos o presunto de javali (ele mesmo os caça com rifle de mira telescópica, apesar de ser proibido), e o presunto de javali dividido, assim como a fêmea dividida, é uma coisa que une muito dois machos que ganharam a guerra, ele no front e eu agora com a minha Underwood. María Prisca, marquesa apócrifa de Arambol (vive em pleitos com irmãos e marido, disputando o título), continua me levando ao Clube de Golfe de manhã, à casa dela para uma foda alegre, como ela diz, de tarde, ao Chicote, ao Pasapoga e ao Gijón de noite. No Gijón sempre encontro dois homens que me impressionam muito, como já foi dito aqui: César González-Ruano, como um violinista *belle époque* da prosa, e Camilo José Cela, como um legionário dos clássicos ou um Torres Villarroel que esteve na tomada de Bilbao. Acho que, enquanto tivermos esses dois prosadores, teremos a Espanha. Perpetuo, o pai da menina Juana, como bom galego, não consegue entender bem a proteção que dou à sua família nem meu interesse por essa corça loira que é a menina Juana. Mas eu acredito que o dinheiro e a influência podem ganhar até mesmo um galego. E talvez a um galego mais do que ninguém. Há uma quinta-coluna falangista que sai à noite para fazer das suas, à margem da repressão organizada de Franco. Vão num Ford T do papai, como já foi dito aqui, e percorrem a noite manchega, capital e aldeias, com a carroceria cheia de jugos e de flechas, bebem muito conhaque, disparam suas pistolas a torto e a direito e param qualquer um que esteja de boina:

— Não se engane, Mariano, todo mundo que usa boina é filho da puta.

O sujeito de boininha é como um vampiro ao contrário, pois não tem justamente os dois caninos, e quando sorri, com sorriso vil e medroso, exibe dois caninos de sombra, dois vazios, dois vãos. O homem de boininha, o vampiro proletário sem caninos, acaba na estrada de Múrcia, como tantos outros, fuzilado com pistola: os rapazes me animam a também atirar, mas digo que esqueci a arma em casa, e então me oferecem a deles, mas digo que eu só gosto de matar com a minha pistola, que ainda está quente do disparo anterior. Na verdade estou com a Star no bolso, mas a morte, assim, a morte em série, me parece monótona, como a foda em série, como já foi dito aqui, prefiro a denúncia, que é meu negócio, uma coisa mais intelectual, o poder da palavra, saber que matei um homem com uma crítica de poesia, a caça maior secreta e evidente do idioma, matar à distância, disparar um adjetivo como uma balestra, como uma flecha envenenada com o curare do adjetivo, esse é meu negócio, esses rapazes me parecem muito elementares matando, eles se acham muito finos, mas não passam de tarefeiros da morte, uma merda. O que eu queria é comer as moças que trabalham nas fábricas de lenços de Argüelles, todas vermelhas, ou estuprar uma freira numa Tcheká, ainda que essa palavra seja dos vermelhos, ou uma ajudante de lavadeira do Manzanares, dessas que vejo quando vou visitar o Perpetuo, povo de Madri, povo vermelho e canalha, inextinguível, apesar de tudo, é isso que eu gostaria de humilhar com uma violação, essa carne de dulcíssimo estofo das lavadeiras, água sanitária e sabão Lagarto, ou as balconistas da rua Arenal, virgenzinhas entre círios e terços de gordos grãos-de-bico de ouro, carne de sacristia de catedral, possuir, enfim, o povo em suas mulheres, o povo, o povo, o monstro que cobiçamos e sempre nos foge, com Marx ou com Cristo.

As púberes canéforas, as meninas, entre elas minha adorada Juana, movem-se num balé de ginástica rítmica, nuas e pálidas, loiras de corpo, mesmo as de cabelo preto. Todos perseguimos o cofrinho delicioso do seu sexo infantil e sem pelo. Mais que a graça do balé ou da ginástica, o que as move e redime é a graça natural da idade, o que elas têm de filhotinhos fêmeas da espécie.

Atrás do vidro preto, que para elas é espelho (ou seja, nós as vemos, mas elas não nos veem), estão alguns grandes políticos, homens do Regime, falangistas notórios, velhos safados do franquismo, e estou eu. Reúnem essas meninas num chalé de El Viso e lhes ensinam ginástica rítmica, nuas (só têm contato com mulheres, professoras, senhoras da Seção Feminina), e os hierarcas do sistema assistem ao espetáculo vibrátil e esbelto, belo, sutilíssimo e doce do nu musical das menores.

A função custa muito caro, mas todos pagam para vê-la, e cada menina leva para casa algum dinheiro. São geralmente, claro, meninas necessitadas. Dizem aos pais que elas foram selecionadas pela Seção Feminina para estudar e praticar ginástica rítmica, o mesmo que eu disse a Perpetuo, o pai de Juana. Mas, cedo ou tarde, vai dar merda, quando o pai da menina Juana souber que as meninas se exercitam nuas.

Meu amor pela menina Juana se torna violento, confuso, paternal, incestuoso e sujo, mas nunca terei essa criança de alma loira, pernas longas e seios ausentes. As sessões acontecem uma ou duas vezes por semana. Acho que os nazistas fazem uma coisa muito parecida, inclusive com as meninas judias. Nós nos escondemos não só por voyeurismo, mas também porque nossa presença inibiria a graça silvana dessas meninas que acreditam estar sozinhas e que são, cada uma delas (12, 13 anos), um esboço sutil e fascinante de mulher, com seu cabelo mimoso e sua bundinha empinada, ginasta e crescente.

Franco se reunira com Hitler em Hendaye, conseguindo nossa neutralidade na guerra mundial. Eu queria ter participado, com alemães e italianos, da grande cruzada contra o capitalismo e as democracias, contra os judeus e outras raças escuras que fedem a Antigo Testamento. Eu sou loiro e muito branco, é por isso que María Prisca e Escola gostam de mim. Não consigo publicar nem um mísero artigo no *Escorial*. Os falangistas liberais (que definição, que imbecis) sem dúvida me acham nazista demais. Não perdem por esperar. Depois das fímbrias de mortos da guerra, a fímbria das filas de batata ou feijão. Franco não fez a revolução social de José Antonio, e isso salta aos olhos na fome do povo. Meu amigo Juan de Ávalos continua trabalhando aplicadamente nas suas grandiosas esculturas de Cuelgamuros. O cardeal Gomá morre pedindo clemência para os vencidos, tarde demais. Azaña morre no exílio. Tinha uma grande cabeça política, mas era um pouco molenga para mandar. Escrevo um artigo sobre ele, e Aparicio o censura inteiro.

Alfonso XIII morre em Roma. Para as pessoas nas filas, pouco importa. Franco se encontra com Mussolini em Bordighera.

Com Mussolini, como antes com Hitler, Franco não chega a nada, porque não quer. Publico algumas coisas em *La Codorniz*, sob pseudônimo, graças a Miguel Mihura, e nem Aparicio repara. Serrano Suñer continua muito esperançoso com sua Divisão Azul, na qual agoniza liricamente seu amigo Dionisio Ridruejo, cheio de fé antissemita, mas a figura que vai se decantando na Alcalá 44, aonde vou muitas manhãs e algumas tardes, é Arrese, com seu perfil anódino, seu bigode malicioso e sua docilidade ao Generalíssimo. É o homem perfeito e oportuno para reduzir a Falange a uma burocracia ou a uma construtora de moradias para os produtores.

Tudo isso me enoja e não faz mais que atiçar meu espírito de denúncia confidencial ou escrita, jornalística. Por pouco não quero, mais que descobrir vermelhos, descobrir falsos falangistas, surpreendê-los em algum mercadejo negro que me permita expô-los à vergonha ou coisa pior. O INI[33] acabaria sendo o asilo das empresas em bancarrota, mas por ora ostenta seu prédio muito moderno e suntuoso na praça do Marquês de Salamanca. É o ninho da oligarquia franquista, que já não tem nada a ver com a Falange. O Regime vai se vestindo à paisana rapidamente, e só resta um falangista de cultura, acento e graça, que é José María Pemán, mas lastrado, ai!, de um monarquismo fanático. Alfredo Mayo, Ana Marechal, Blanca de Silos e José Nieto são os mitos franquistas do filme *Raza*. Levo um dinheiro a Perpetuo, no seu barraco do Manzanares, e o convenço de que a menina vai ser uma estrela da ginástica rítmica, depois compro todos os trapos e misérias que ele recolhe à beira do rio. As ameixeiras de março florescem sobre a incipiente prostituição da minha adorada menina Juana, que tem mais mamilos que seios.

Miguel Hernández morre na prisão, dentro de um pulmão de aço, biografado à morte por Juan Guerrero Zamora e Leopoldo de Luis (talvez já tenha dito isso aqui, mas vale repetir). Francamente, para mim, Miguel Hernández parece um Gabriel y Galán encharcado de barroquismo e de 27. De comunista, nada, apesar da carteirinha. Era um homem bom que queria continuar cultivando sua

---

[33] Instituto Nacional de Industria, entidade estatal criada em 1941 com o objetivo de desenvolver a indústria espanhola.

horta em paz, ou melhor, seu pomar. Escrevo um artigo sobre isso e Juan Aparicio, meu protetor, o censura inteiro. "Do Miguel Hernández melhor não falar, nem mal nem bem." Era o outro Lorca da guerra, e melhor não bulir nisso. Pouco depois da estreia de *Raza*, morre o pai de Franco, espero que não por ter visto o filme do filho.

Serrano Suñer começa a ser malvisto como homem forte do franquismo e da Falange. Para mim, ele parece um nacional-católico disfarçado de falangista e cativado emocionalmente pela grandeza de Hitler e Mussolini. Aspira a um fascismo católico para a Espanha, quando a essência dos fascismos é pagã. Marcial Lalanda é o melhor toureiro castelhano da história, depois do genial "matuto de Borox", Domingo Ortega. Um dia, na saída de uma conferência de Zubiri, pergunto a Domingo Ortega, fazendo-me de repórter, o que ele achou do filósofo.

— Médio. Foi se meter com Kant.

María Prisca me leva às touradas alguns domingos, para ver Marcial Lalanda e Domingo Ortega. Um dia, depois da corrida, jantamos com Domingo Ortega num tabernão de Puerta de Toledo. Acho que María Prisca já deu para o velho toureiro, ou pensava dar. Domingo Ortega, à primeira vista, tinha uma cabeça nobre, mais de estanho que de prata. Depois, no jantar, se revelou um senhoraço toledano que não tinha muito o que dizer. D. Juan de Bourbon escreve a Franco pedindo que abdique da Coroa. Franco demora meses para responder. Escrevo algumas coisas para o NO-DO, mas não gosto de cinema nem de nada que não seja um jornal. Muñoz Grandes continua ganhando a glória de Hitler. Franco não parece muito preocupado com isso. Se Hitler ganhar, logo vai tratar de rebaixar o protagonismo de Muñoz Grandes. E se Hitler perder, Muñoz Grandes será o implicado na derrota, e não o imparcial Franco.

Don Esteban Bilbao conchava a torto e a direito. Escola gosta de Estrellita Castro, por isso me leva para vê-la no Calderón. Essa coisa da copla me dá certo nojo, e acho que deve ser varrida da Espanha josé-antoniana, mas não digo nada a Escola. Para que estragar as coisas, se na volta do teatro vamos foder docemente na casa dela.

Eu gosto de viver na casa de María de la Escolanía e me levantar nu, depois de uma foda quase matrimonial, para buscar algo de beber na geladeira de gelo (anos mais tarde, eu conheceria as elétricas). María de la Escolanía dorme com o chiado lúgubre dos tísicos no peito, o bairro de Salamanca tem uma distinção de lua e prédios fim de século, de que eu gosto muito. Embora Franco, na guerra, tenha mandado poupar o bairro de Salamanca dos bombardeios (já devo ter dito isso aqui), há fachadas pipocadas de projéteis e terrenos baldios onde os gatos se reproduzem e os cachorros comem os cadáveres descarregados pela caminhonete falangista (o Exército mata legalmente, mediante processo e detenção). Todas as noites há concílio de cães, com latim de gatos, à espera da caminhonete com os fuzilados. Os cachorros uivam, mas isso não me incomoda, e tomo uma cerveja devagar, ou um vinho tinto, porque Pedro Damián, o protetor de Escola, ainda não descobriu o uísque (é um rico rural). Um dia eu disse a Escola:

— Fala para o Pedro Damián que no Chicote você tomou gosto pelo uísque e pede uma garrafa. O corno só traz produtos da terra.

— Coitado. Não se pega com ele, ainda por cima.

— Estou cansado de beber cerveja alemã, preta e doce, e vinhete manchego. Depois de foder, eu gosto é de um uísque.

Os jornais quase não falam nada dos maquis, mas estão tombando como moscas. Ainda me lembro do primeiro, que conheci e denunciei na pensão de Argüelles. No fim, esta noite, tenho um uísque escocês de primeira. Sou muito germânico na ideologia, mas muito anglo-saxão na bebida. E amo minhas contradições, que afinal são meu eu. Os cachorros uivam à espera da sua porção de mortos. Os gatos dão alaridos, no terreno baldio em frente, chamando pela gata. O sereno asturiano de Pravia passa devagar, sem se envolver em nada. Escuto seu chuço contra o asfalto. Esses almofadinhas falangistas que não leram José Antonio agora o leem errado, mas tudo o que for matar é bom. No fim me deito nu, na cama de casal, e durmo muito bem, ouvindo a respiração difícil de Escola, que, em sonhos, pega meu pau com suas mãos de freira e dorme como uma criança.

Estendei vossos olhares, como linhas sem peso e sem medida, para a esfera pura onde os números cantam sua canção exata, José Antonio. 9.385 fuzilados na Catalunha, já foi dito, a coisa funciona. Nemesio Córdoba cada vez mais corcunda na cadeia enquanto lê e relê as encíclicas dos papas, daqui a pouco nem vai caber mais lá tanta corcunda. As putas caras jantam no Riscal e as putas baratas jejuam na rua Peligros. Rojas é um boêmio, um mendigo, um pária intelectual, um andarilho que zanza por Madri e espalha poemas anarquistas nas tabernas. Rojas é galego, tísico e mordaz. Franco é a sutileza de um galego contra a lógica de um germano, Hitler. A *Escorial* continua não publicando meus poemas juan-ramonianos e as filas para tudo continuam nas ruas, como a fímbria negra de um franquismo que não fez a revolução. Meu amigo Juan de Ávalos trabalha a pedra inspirada de Cuelgamuros. A morte do cardeal Gomá foi como tirar um estorvo do meio do caminho. A morte de Alfonso XIII põe Franco em duelo direto com D. Juan, que se saiu muito respondão e exigente. Franco perdeu a oportunidade de se tornar fascista com Mussolini, como antes a perdera com Hitler. Arrese segue entre a pieguice e a alvenaria. Colaboro às escondidas em *La Codorniz*. As pessoas continuam fazendo fila para ver Alfredo Mayo em *Raza*. Franco não veste luto pelo pai. Releio Miguel Hernández e me soa a Gabriel y Galán. Era um bom rapaz. D. Juan não para de escrever a Franco, que sempre põe suas cartas embaixo do monte da correspondência, sem responder. Para Rainha Mãe já temos Franco. Para mim, a Casa de Bourbon me parece mais uma partida de golfe, com aqueles golfistas que María Prisca me faz visitar. O NO-DO é uma hagiografia semanal de Franco, e quase todo mundo trata de entrar no cinema depois de começada a sessão para não ver Muñoz Grandes recebendo as cruzes de Hitler. É um homem bom, um nazista moderado, e por isso Franco o marginaliza. Triunfam Esteban Bilbao e Estrellita Castro. Perpetuo ficou sabendo da verdadeira exploração da sua menina Juana e está me caçando por toda a Madri, de trinchete na mão, para cravar meu coração contra o tronco de um choupo. Publico uma reportagem denunciando — "Travessia do Manzanares" — os lúmpens e vermelhos que sobrevivem na margem de lá, um resíduo miserável da horda republicana. A denúncia logo leva Perpetuo a Carabanchel, sem saber por quê, e a menina Juana vai para um reformatório, ela também sem saber por quê. Algumas tardes vou visitar a menina Juana, que está de guarda-pó e laço de cretone no cabelo:

— Onde estão meus pais, sr. Armijo?
— Seu pai anda num trabalho duro e sua mãe teve que voltar para a Galícia, mas não se preocupe, que tudo vai ficar bem. Como você está aqui?

Meu plano é que Perpetuo acabe em Cuelgamuros, quebrando pedra para Juan de Ávalos. Se não, qualquer dia vai me rachar ao meio com seu trinchete.

— Bom, as senhoritas cuidam muito bem de nós. Mas eu quero voltar para o rio com meu pai.

— Você logo vai voltar. Agora se alimente e brinque muito.

— O que é isso da Seção Feminina?

— Uma coisa para alimentar as meninas desnutridas.

— Eu sou uma menina desnutrida?

— Você é uma menina adorável.

E aliso muito suas mãozinhas, seu rosto pálido, seu cabelo de um dulcíssimo esparto de ouro.

— O senhor é muito bom com a gente, sr. Armijo.

— Apenas cumpro meu dever, minha filha.

Onze

María de la Escolanía está morta em sua cama, muito digna e bem-composta, muito maquiada e bonita, como ela é, como ela era (como é patética a conjugação dos tempos verbais).

    María de la Escolanía faz uma morta bonita, pura, virginal e boa que continuará a amar a todos lá do céu. Lembro quando jantávamos torresmos e descíamos ao cine Salamanca, rua do Conde Peñalver, para assistir a um programa duplo de sessão contínua, à noite, antes de toda uma cena de amor e sexo. Compreendo que Pedro Damián estivesse apaixonado por ela e agora chore na cozinha, ao pé das cortininhas xadrez vermelho e branco, à beira de uma taça de conhaque 103 (ou talvez Tres Cepas). Eu também choraria se não fosse um josé-antoniano duro que acima de tudo se defende do ternurismo das mulheres, sobretudo das mulheres mortas, que são as mais vaidosas, grandessíssimas putas. Sáenz de Heredia, Mercedes Vecino, Armando Calvo, Alarcón, Vidal y Barraquer, Arruza, Luis Miguel Dominguín caçando com Franco, há no entorno toda uma Espanha girando ao redor desta casa, parte alta e barata do bairro de Salamanca, onde uma doce morta de hemoptise é chorada por dois amantes com sentimento e contrição. O *Informaciones* continua a nos contar as vitórias de Hitler, Cela sai no braço todas as tardes com os colegas do Gijón, Solana continua a pintar a Espanha negra, mas é um almofadinha mimado de Santander, Franco vai entregar Laval à França, Pau Casals já toca seu violoncelo em Nova York. É convidado para jantar com os milionários de Manhattan, se puder, professor, traga o *cello*, sinto muito, senhora, mas o *cello* não janta, nada de dar um concerto em troca de um jantar de merda, está aí um catalão de colhão.

Zuloaga, que tinha sido o pintor da Geração de 98, um Greco de camafeu, acaba estampando a efígie de Franco nas notas de 500, todo mundo vai se vendendo ao franquismo, e por isso eu me sinto cada dia mais josé-antoniano. Vão acabar me fuzilando. Dia sim, dia não, vamos à Plaza de Oriente aclamar Franco, contra o embargo internacional, e os vadios trepam nos postes para contemplar do alto o correr da História, assim como os poetas franceses trepavam nas árvores para ver Balzac escrever.

Eva Perón chama Areilza de "galego de merda". Os flechas[34] leem *El Coyote*. María Félix, Dolores del Río, Jorge Negrete e Cantinflas mexicanizam a Espanha, mas o governo mexicano não quer saber de nós. Manolete está cada dia melhor na praça, mas com touros pequenos e descadeirados a golpes de sacos de areia. As pessoas leem Pedro Mata e *don* Manuel Machado, que se tornou muito franquista. Triunfam Lola Flores e Caracol. Algumas noites Caracol canta para nós, hierarcas do Regime e jornalistas. Escrevo um artigo muito literário sobre Caracol. Benlliure enchera a Espanha de confeitaria valenciana e chegou a receber a Legião de Honra, na

---

34 Apelido dos jovens falangistas em referência às flechas que, associadas ao jugo, compunham o emblema do movimento, e à revista infantojuvenil de propaganda *Flecha*, que em 1938 se fundiu à *Pelayos*.

França. Era um Rodin de caixa de fósforos. O Real Madrid inaugura o Bernabeu.

    Depois de beijar Escola na testa e nas mãos, pura cera virgem, vou para a cozinha com Pedro Damián, para tatear o terreno. Estamos para pouca conversa. Ele fuma e chora. Eu bebo e não choro.

— Era uma santa.

— Eu que o diga.

— Fiz o que pude. Toda semana eu lhe trazia alimentação.

— Por isso ela há de perdoar o senhor lá no céu.

— Perdoar?

— Releve a palavra. Quero dizer que ela vai rezar pelo senhor, *don* Pedro.

    E acabamos dividindo o Tres Cepas, ou lá o que fosse, que Pedro Damián encontrara no esconderijo da empregada.

— Estamos bebendo um conhaque de empregadas, sr. Damián.

    Mas não me respondeu. Bebe-se para esquecer, e qualquer bebida vale. Depois se esquece tudo, de fato, menos o que queríamos esquecer. Estamos entre duas luzes, e é a hora dos primeiros disparos, das primeiras execuções nos terrenos baldios. Antes, alguns presos são obrigados a cantar *Cara al sol*, e devo reconhecer que os condenados são bem afinados e fazem bonito, dá gosto ouvi-los da cozinha. Penso que esta guerra foi perdida pelos vermelhos, por nós, falangistas, e pelos cachorros, que já uivam sua fome de morto. O cachorro é um bichinho que não demora a mostrar o lobo que leva dentro e nos abocanha o coração. Há duas repressões, a oficial do Exército e a espontânea dos almofadinhas falangistas. Os surrealistas falaram de um "cavalo de manteiga". Escola é uma morta de manteiga, alimentícia. Volto para perto dela e a chupo um pouco.

Toda noite Girón fecha o Casablanca, de madrugada, a ponta de pistola. Manolete está sentado no Chicote, na sua tertúlia de silêncio. *Don* Manuel Machado, já foi dito aqui, faz versos para Franco. Lola Flores e Caracol (talvez também já tenha sido dito, mas é bom repetir tudo) são uma fogueira humana de dois sexos nos *tablaos* de Madri. É a Espanha de Benlliure e do Real Madrid. Rita Hayworth me deixa louco de tesão, como todas as magras. Manuel Fraga e seu condiscípulo Robles Piquer dedicam-se a cobrir com almagre as pernas de Gilda nos cartazes de cinema. O filme foi autorizado por Franco, portanto estão censurando o próprio Franco. São dois jovens falangistas que eu já antevejo logo integrados ao franquismo (como eu mesmo, que merda). Em todo caso, José Antonio teria exigido um pouco mais, muito mais que fiscalizar as pernas das fulanas, para fazer sua revolução. Mais que falangistas, essa dupla me parece um par de bons rapazes da Ação Católica. Não é a Falange que os anima. Quem os anima são os padres. D. Juan de Bourbon continua atazanando Franco para que restaure a monarquia, mas Franco fica firme, e só nisso estou de acordo com ele. Aurora Bautista não é Rita Hayworth, que é que se há de fazer? Cada um tem suas preferências. Os pintores catalães começam a fazer antifranquismo na pintura, mas ninguém percebe. Recordo quando Escola e eu dançávamos boleros de Machín no Baile Bolera da rua Arlabán. Agora Escola está dura no caixão, vestida de freira (coisas de Pedro Damián), esperando o pessoal da funerária, e para mim ela continua bem comível. Pedro Damián me diz que precisamos carregar o cadáver juntos até lá embaixo.

María Prisca e eu estamos sentados na cama, depois de foder, tomando o champanhe que o *valet* maricas nos trouxe.

— Franco mandou o motorista buscar o Sancho.

— Demitido?
— Demitido.
— Mas você não disse que ia tudo muito bem?
— Sabe como é o miserável de Sua Excelência.
— Vai ver que alguém lhe avisou que o ministério estava cheio de poetastros vermelhos.
— Você já estava trabalhando na limpeza.
— Seja como for, estamos no olho da rua.
— De quebra, perdi o processo com meu marido e já não sou marquesa.

María Prisca fuma, coloca absurdamente seus grandes óculos escuros, na cama, e acaricia os seios nus, como se fossem o único tesouro que lhe resta nesta vida.

— Só falta você me dizer que o *valet* está pedindo as contas.
— Bom, podemos continuar usando o carro por mais algum tempo.
— Mas sem a bandeirinha, imagino.
— Ah, você gostava da bandeirinha?

Ela acha isso infantil e me dá um beijo de ternura. Espero que não esteja preparando uma segunda rodada de foda.

— Posso fazer algo para ajudar, Prisca?
— Você é um anjo.

E volta a me beijar.

— Posso devolver a pombinha de prata.
— Aposto que você a penhorou no dia seguinte.
— Mas já a resgatei. Amanhã eu trago para você.
— Que presença de espírito, meu filho.
— Você ainda tem algum dinheiro?
— Só tenho você.
— Mas eu trabalho muito e não ganho um puto.
— Então larga esse trabalho e nos refugiamos no meu chalé em Benidorm.

— Está hipotecado.
— Você é cruel.
— Não quero dormir na praia de Benidorm. Vai gelar meu reto.
— Só me resta uma saída.
— Outro ministro?
— Não. El Pardo vigia meus passos.
— Então o quê?
Apaga o cigarro, tira os óculos, me olha profunda e séria:
— O suicídio.
— Não seja romântica. Não faz teu tipo.
— Juro.
Não sei se ela está falando a sério, mas também não me preocupa muito. Já estou farto do Clube de Golfe. E ela, na cama, virou um trabalho, um dever, mais do que qualquer coisa. Como todas. Pode ser a chance de pular fora.
— Você não me ama, e eu me suicido.
— Dá para notar?
— Muito.
— Não faça isso. Seria um problema. O maricas, o chofer e eu teríamos que cuidar do teu cadáver. Um saco.
— Você não me leva a sério.
Também neste bairro os cachorros uivam sua fome ao anoitecer.

Nas bancas se vende muito Juan Centella, o famoso detetive hispano-americano de força hercúlea; morre Aranda, um inteligente e cauteloso militar maçom a quem, já desde Burgos e Salamanca, Franco vinha marginalizando; Franco não é aplaudido nem atacado, acho que para os espanhóis ele já é o inevitável, o que quer dizer que a nossa revolução não tem futuro. Arias Navarro segue fazendo a depuração em Málaga com muito sangue e esmero; enterramos Escola em La Almudena e eu vou viver no bairro de Ventas, com uma família, como estudante, conforme o combinado com Aparicio, pois Ventas é um bairro onde certamente vou colher toda uma safra de vermelhos denunciáveis, uma colheitaça de fuzilados.

Franco mandou o motorista negro recolher Sancho Galia um dia depois daquela merenda com chocolate em El Pardo, matrimonial, era uma despedida, mas Sancho Galia não sabia, Sua Excelência nos fodeu a vida a mais de um, mas é seu método, sempre fez assim, sem queixas, lamento pelos poetastros comunistas do Ministério de Obras Públicas, que se fodam e trabalhem. María Prisca me diz que não a amo, o ex-ministro corta sua mesada, que era bancada com verba do Orçamento, e ela está disposta a se matar com uma overdose, levo para ela a pombinha de prata como prenda de amor, mas ela já não acredita em nada, essas histéricas que vivem falando em suicídio e depois nunca se suicidam são um pé no saco. Arburúa começa a fazer negócios sujos que podem lhe valer um ministério. Vou ao café Gijón menos do que gostaria, porque está cheio de vermelhos que me olham torto.

Sabem que, quando eu falo na revolução, não falo de Marx, e sim de José Antonio. Começo a emplacar algumas coisas no *Arriba*, que é um jornal alegre, revoltoso e macho, feito entre papagaios, uísque, pôquer e pistolas, como eu talvez já tenha mencionado nestas memórias, mas que depois sai para a rua limpo, belo, muito bem-feito, terso da prosa de D'Ors, barroco da prosa de García Serrano, intelectual da prosa de Ridruejo, que manda seus textos da Rússia. Sánchez Mazas está no hotel Velázquez escrevendo artigos latinos, eruditos, formosos e um pouco chatos. É um elegante cavador que visito de vez em quando. É um camaleão do falangismo que escuta minhas razões josé-antonianas, sempre amparado no seu uísque, mas também não parece decidido a arriscar nada pelo seu amigo José Antonio.

Sánchez Mazas tem coloração de ave, perfil de judeu apócrifo, empáfias de menino rico, elegâncias um tanto rebaixadas, um judaísmo acachapado e apócrifo e uma fascinação total de escritor sem obra. A vitória de Franco afidalgou todos eles. Em potência, são tudo: ministros, acadêmicos, embaixadores, grandes professores. Com isso, não se dão ao trabalho de ser nada e se limitam a cumprir a obrigação com quatro artiguetes para o *Arriba* ou o *ABC*. O que me incomoda no fascismo josé-antoniano de Sánchez Mazas é seu catolicismo fanático, insistente, xarope, que pouco tem a ver com sua vida. "José Antonio também era católico", ele me diz, porque adivinha minhas reticências. Eu acho que, pelo que ele tem de romano de embaixada, é mais vaticanista que cristão, mas isso ele prefere não esclarecer. Com semelhante confusão mental, nunca vai fazer nada que preste, e tirou o corpo fora da revolução. Vou constatando, dia após dia, como os homens nos quais eu acreditava, para *minha* revolução, estão se instalando no franquismo ou à margem dele, mas confortavelmente. De José Antonio conservam apenas uma melhoria lírica. María Prisca se suicidou com uma overdose, não sei se por meu amor ou pela perda do ministro e do marquesado, tudo junto; entre mim, o *valet* maricas e o chofer, teremos que transladar o corpo e enterrá-la, que saco; acho que vou voltar a empenhar, agora para sempre, a pomba/saleiro de prata maciça que ganhei dela. Eugenio Montes e Mourlane-Michelena andam fazendo boemia franquista pelos cafés. *Don* Pedro Mourlane é uma repetição de D'Ors em versão café com leite. Montes é ágil, esquivoso, agudo, rápido, culto, inculto, falangista, fodedor, escorregadio, e seus livros só são recopilações de artigos (magistrais). Trabalha a História e o Império com menos bojo e mais graça que Sánchez Mazas. Tem uma cabeça de bispo de xadrez e uma prontidão de viajante da História. Tem em Ruano seu parceiro preferido.

    O mestre D'Ors, papesco e cínico, pontifical e irônico, imensamente sábio, surge de vez em quando diante de nós, da tribo madrilenha, diz algumas palavras enigmáticas e volta ao seu retiro da rua Sacramento. É o mestre de todos, mas ninguém liga a mínima para ele. É o mais sociável e o mais solitário, o mais conversável (sua palavra nemorosa) e o menos escutado. Azar deles. Lequerica é outro que começa a fazer carreira. O *valet* e o chofer me telefonam, em separado, pedindo que eu vá ao apartamento da morta, ou seja, María Prisca. Também despontam Jesús Fueyo e Adolfo Muñoz Alonso. Aparicio me chama a atenção para isso, e passo a seguir seus movimentos. Fueyo é um Buda jovem, alcoólico e antipático. Muñoz Alonso é como um seminarista maduro, como um padre à paisana, sábio, ressentido e triste, talvez vaidoso da sua boa presença de macho, porém mais sofisticado que lúcido. Tem uma juventude cinzenta e uma sabedoria confusa. Todos muito josé-antonianos, mas todos muito bem acomodados. Luis Escobar começa a se amaricar e a fazer bom teatro. Tudo nele se perdoa em nome do bom gosto. É como um Austria feio, queixudo, encantador, frívolo e sábio, um pouco Cocteau, um pouco Pedrito de Répide. Correa Veglison é despachado a Barcelona para fazer suas maricagens com os flechas de lá. Em Madri, é escandaloso demais. Parece que tinha uma piscina onde todos entravam nus, ele e os rapazes da Frente de Juventudes. Dizem que Paulino Uzcudun mata aos murros os vermelhos que lhe mandam, e assim começou sua carreira de peso-pesado mundial.

    Adriano del Valle é um gordo simpático que figura de dionisíaco pela vida e pela poesia, mas nem a Espanha nem Franco nem ninguém está para dionisíacos, portanto ele fica um pouco postiço com sua cabeça romana, sua alegria por nada e seus versos bons e inúteis. Buero Vallejo e Miguel Hernández estavam na prisão condenados à morte. Buero é um jovem vermelho aficionado da pintura que faz do poeta de Orihuela um retrato minucioso e implacável, essas coisas rigorosas que fazem os que não são artistas. A Carabanchel acho que eu não volto, agora que María Prisca morreu. O general Rojo, que mora na Ríos Rosas, 54, na casa de Ruano, Cela e Viola, já cumpriu sua pena, e agora algumas tardes Franco o chama a El Pardo, e os dois passam o tempo discutindo batalhas da guerra, a partir de posições contrárias, como se jogassem xadrez. Entrevisto o general Rojo no Pon/Café, mas Aparicio censura o texto inteiro. Azorín voltou e faz um discurso sobre os povos regidos por homens a cavalo, a propósito de um retrato equestre de Franco por Vázquez Díaz, esse cubista de cartão-pedra que também fez um retrato de Manolete que parece um manequim vestido de toureiro. Azorín, o grande afrancesado, pediu para voltar de Paris porque não entende francês. Faço uma entrevista com ele, que é publicada com pompa. Azorín é parco em palavras porque é parco de ideias. Uma espécie de dândi ressequido, mesclado de chufista valenciano. Seus pressupostos literários são apaixonantes, mas a realização é penosa. O cadáver de María Prisca cheira a puta lavada, a cavalo gravemente ferido, a lavanda e a menstruação tardia de menopáusica. Baroja também voltou, como já foi dito aqui, e passeia por El Retiro temendo ser atacado e violado pelos fascistas, quando ele é o pai involuntário do fascismo espanhol. Juan Aparicio e eu vamos levar para ele a carteira honorária de jornalista, e, no final do discurso de Aparicio, pergunta, caprichando no papel de casmurro basco:

— Quanto devo?

Para mim, Baroja se parece com um almofadinha de Neguri disfarçado de mendigo do metrô, um autor de folhetim sem a ordem nem a precisão dos autores de folhetim, um velho camaleão e cavador, que leu pouco e pensa por conta própria, mas pouco e mal. O franquismo cuida de Azorín e Baroja porque são tudo o que nos resta de 98, mas na minha opinião são os piores do grupo. O corpo nu de María Prisca morta é uma escultura grande e combalida, em escaiola ou barro fraco, e cheira a colônia podre, a égua doente e a pantera velha em plena ovulação.

Doze

María Prisca, marquesa apócrifa de Arambol, teve um enterro de terceira, oferecido pelo *valet* maricas, pelo chofer Fabián e por mim. Não havia nem um centavo na casa dela, e demoraria muito empenhar ou vender seus tesouros de arte, vasos, porcelanas Ming e estátuas de marfim, coisas entalhadas em presas de elefante. Os mortos não podem esperar porque logo ficam feios. María Prisca, marquesa apócrifa de Arambol, foi enfiada por nós três num nicho qualquer do cemitério de La Almudena, com o acompanhamento de quatro latins baratos do padre de plantão. Ninguém apareceu no seu enterro, nem os poetastros comunistas, nem o ex-ministro, nem seus conhecidos e amigos próximos. Assim morrem as grandes da terra.

Voltando do cemitério, entramos em trio num tabernão de Ventas para comer *gallinejas*[35] com um vinho violento e rascante de Valdepeñas. Para o *valet* maricas, vou arrumar um emprego de escriturário na Secretaria de Sindicatos. Esperemos que ele não apronte muitas maricagens por lá e não acabe no olho da rua, tendo que cavar a vida entre os seus. Para Fabián, o chofer, vou ver se arranjo uma licença de táxi, para que possa se virar.

---

35 Prato popular madrilenho à base de tripas de cabrito ou cordeiro refogadas.

— Como era boa a patroa.
— Tão mão-aberta nas gorjetas.
— Sempre tão boa com a gente.
— Comigo também.

Com essa frase, eu admitia que não passava de um criado, assim como eles: um a servia na cozinha, outro, no carro e eu, na cama.

— Como era boa a patroa.
— Tão humana com a gente.
— Nunca devia ter feito isso.
— Estavam infernizando a vida dela.
— E tão mão-aberta nas gorjetas.
— Eu fiz o que pude para consolá-la.
— O senhor se portou muito bem.
— Fiz o que pude, como disse.
— Outra igual não vamos encontrar.
— Já quase não restam mais senhoras.
— Só tinha tristezas pela frente.
— Mas se matar é o fim.
— Isso mesmo, o senhor que o diga.

Abril nasce com chuva e sol, com festas de água e largos de luz. O cemitério cheirava a um abril inédito, glorioso, jovem, perfumado, violento e bissexual. É de ver a força que os mortos ganham com a primavera.

— Estavam infernizando a vida dela.
— O senhor ministro não sabia a joia que tinha.
— Nem os homens que a amaram.
— Sempre tão generosa com os homens.
— Sempre boa com os criados.
— Sempre santa com os filhos.

O tabernão de Ventas é sombrio e suculento, povoado de presunto de javali, pimentões recheados, coisas à basca e sanduíches de peixe-espada. Junto à porta há uma poça de sol que é pisada quase com estrondo por quem entra. Comemos de tudo um pouco, todos dando como certo que seria por minha conta.

— Foi um enterro um pouco solitário, mas bonito.
— Bom, também não convidamos ninguém.
— Melhor assim. A patroa era nossa.

Penso que a patroa era *minha*, mas não digo nada.

— Ela devia ter se cuidado mais, não acha, *don* Mariano?
— As marquesas não são de se cuidar muito.
— Ela era mesmo marquesa? Desculpe a pergunta.
— Era marquesa natural da vida, muito mais que outras que ostentam o título.
— Como o senhor fala bem. Como no papel.

O tabernão está cheio de pedreiros, coveiros e mendigos que vão pela caridade de um copo de vinho (a mendicidade é sempre mais sedenta que faminta). O tabernão cheira a alho frito, homem suado, pobreza requentada, meio-dia pacífico e mulher sem lavar.

— Tomara que saiam mesmo esses empregos, *don* Mariano.
— Assim espero.
— A senhora marquesa nos deixa órfãos.
— A Falange não deixa ninguém órfão.
— Já sabemos que o senhor é um falangista de lei.
— E de costas quentes.
— Nada de costas quentes. Eu não me encosto em ninguém. Só ajudo quem merece.
— Sr. Armijo, o que acha de alguns domingos a gente ir levar flores para a patroa no cemitério?
— Vocês me avisem, que combinamos.

Mas sei que eles não têm como me avisar, graças a Deus. Acabo de mudar de endereço. Pago a conta e voltamos a Madri no bonde de Ventas, alegre, abarrotado, amarelo e bravio, como que querendo sair dos trilhos para explorar outras geografias. Os passageiros do bonde cheiram a viagem longa e racionamento. Na Manuel Becerra me despeço dos meus amigos e salto para pegar um táxi. Ainda tenho as mãos sujas da terra do cemitério, que não cheira a morto, mas a primavera, quase que a praia, àquela praia enorme que é La Almudena, cheia de gente ao sol há séculos.

Levantemos, ante a poesia que destrói, a poesia que promete, disse José Antonio. Prieto só deixou cadáveres e ruínas em Madri. Prieto tinha bócio, a República tinha bócio, Azaña tinha bócio. O que a República não tinha é coração. Entrevisto o peruano Felipe Sassone (mais um imitador de D'Ors), um hispano-americano de capa e monóculo, que me diz: "Eu nunca faço intercâmbios de ideias, porque saio perdendo". Executamos Besteiro, que era um socialista de polainas. Ele e sua mulher confiscaram um palacete do Paseo de la Castellana para dar suas aulas de manhã e suas festas à noite. Vejo os palácios abandonados de Almagro. Deveríamos erguer neles, respeitando sua estrutura europeia e nobre, o espírito da revolução falangista, uma nova aristocracia no lugar daquela que os abandonou. Na repressão de Madri, costumamos liquidar uns 507 por noite, mas eu já disse que meu negócio é a denúncia, a morte pela palavra, mais do que a ação direta. Estou fascinado com a descoberta do poder letal da palavra. Juan Aparicio recorda José Antonio no Bakanik, fala dele, evoca-o, e sinto que sem ele não vamos fazer nada, não vamos ser nada. Nossos fuzilados são definidos pelos médicos como "falecidos por hemorragia". O que eu gosto na medicina é que ela tem palavras para tudo. Palácios da Infanta Isabel, de Baviera, de Alba, de Ursina, de Pardo Bazán, uma Madri desmobiliada e espectral que só se ilustra com os tiros noturnos na rua de Ferraz. Dou-me o tiro do pãozinho (disparar num ombro através de um pão) para que não me obriguem ao trabalho sujo das pilhagens noturnas. À noite prefiro ir ao Chicote, agora já sem Prisca. Cheiro minhas mãos, e continuam cheirando a março selvagem, a terra de cemitério, como se eu tivesse matado María Prisca e não conseguisse tirar esse cheiro nem com todos os seus sabonetes caríssimos. Acontece que seu apartamento está disponível, e o mais indicado a habitá-lo sou eu. Como moro em Ventas, vou usá-lo como matadouro para fodas em memória gloriosa e grandiosa de María Prisca. Voltei a penhorar a pombinha na rua de Postas. Mil e quinhentas das douradas. Vê-se que o velho judeu tem mesmo muito interesse na peça. O quilo de burro está a 80 pesetas e a dúzia de ovos, a 300. Sinto falta da cesta camponesa que Pedro Damián nos trazia, a Escola e a mim. A fome ronda, em Madri, mesmo a nós que comemos todo dia. De manhã, num barzinho de Ventas, quebro o jejum com a aguardente da casa, feita com água de Lozoya e casca de laranja. É boa e reanima. A laranja é um cítrico que anima o coração. Palácio de Monforte, em La Castellana, para onde sugiro a Juan Aparicio que nos mudemos, e ele fica de pensar. O teatro Infanta Beatriz, no bairro de Salamanca, foi convertido num Tribunal de Ordem Pública, onde quinze ou vinte são condenados à morte toda manhã. Mas o tribunal do Ministério de Fomento continua sendo o mais eficiente para depurar magistrados *azañistas* e escritores ligados a Largo Caballero. Há outro tribunal na Fundação Caldeiro, na Alcalá. E mais um na rua Fuencarral, 112, que é o mais expedito. Os conferencistas da sua própria morte vão parar na estrada de Chamartín e na Cidade Universitária, e a verdade é que morrem sem graça nem estilo, sem brio nem modos, sem elegância nem compostura, de qualquer maneira. Dos cadáveres de Vallecas, por serem operários, não se espera nada disso.

Perpetuo cumpriu sua pena, saiu da prisão, sabe da menina Juana e me procura por toda a Madri de trinchete em punho. Escrevo uma reportagem sobre a outra margem do Manzanares, um amontoado de barracos que enfeia a estética franquista e acolhe muitos inimigos do regime, proletários comunistas que sobreviveram. Juan Aparicio a difunde muito bem nas províncias, mas Perpetuo não aparece.

— Teu amigo Perpetuo ainda vai nos dar algum desgosto, Mariano.

— É um louco galaico, um vermelho emboscado, e precisamos acabar com ele.

— Quer que eu providencie uma escolta para você, Mariano?

— Uma escolta?

— Perpetuo vai te matar por causa da menina. Você a prostituiu.

— Eu? Lá iam todos os figurões do regime, e são esses que o Perpetuo devia esfaquear.

— Todos menos eu, que nunca fui.

— Mas sabia da coisa.

— Claro que sim. Eu sei de tudo.

— E eu é que vou ser o bode expiatório.

— É o que eu quero evitar.

— Tenho uma Star e posso acabar com o Perpetuo num instante.

— Evite a violência sempre que puder.

O manso cinismo de Juan Aparicio me dá esse conselho quando vivemos rodeados de violência, quando a maré da repressão cresce até um estrago de sangue. Acho que com Perpetuo vou ter que me entender sozinho, cara a cara, mas o que eu lamento é que ele tenha ido ver sua menina Juana e tenha lhe contado toda a verdade.

O tribunal da rua do "S"³⁶ também funciona com eficácia e método. Os almofadinhas falangistas dos carros volantes agora fuzilam nos muros de El Retiro e nos pinhais de Chamartín. Os porteiros, que antes denunciavam os tabeliães e os acadêmicos, tomando partido dos vermelhos, agora denunciam os vermelhos, os intelectuais e os jornalistas, tomando partido dos falangistas. Alguns porteiros até usam a camisa azul. Quem ganha essas guerras civis são sempre os porteiros. O rio Jarama também tem mortos. Na rua de Torrijos há feiras de mercado paralelo onde se pode trocar uma luminária por um quilo de café. Alguns aristocratas cederam patrioticamente suas propriedades para servirem de campos de concentração. Como o bairro de Usera logo se bandeou para o lado de Franco, é uma zona muito próspera onde às vezes vou procurar mulher. No café Roma, rua Serrano, que os vermelhos apelidaram de "A Tranquilidade", reúne-se em tertúlia a turma da Escola Romana dos Pirineus, ou seja, Montes, Mourlane, Sánchez Mazas, Pemán e mais algum. Sou admitido como ouvinte, pela mão de Juan Aparicio. Falam mais de touros que de política. Sánchez Mazas só fala de trirremes. Mais para cima, ou seja, mais para baixo, no Lyón da rua de Alcalá, reúne-se *don* José María de Cossío, que é como uma imensa rã vesga de sorriso verde e mãos bobas, ou seja, um tanto apalpadoras dos homens. Por lá também aparecem Díaz-Cañabate e o toureiro Domingo Ortega. Se não me engano, são 226 tribunais funcionando em Madri neste momento. Num deles, com salas de tortura anexas, sou convidado a enfiar a mão num farnel que devia

---

36 Como era conhecida, por seu traçado em forma de serpentina, a hoje desaparecida rua de Martínez de la Rosa, onde, no palácio dos condes de Rincón, estava instalado um desses tribunais.

conter vôngoles ou mexilhões. Tiro um punhado de olhos humanos.

Em Ventas não descubro tantos comunistas quanto esperava. O povinho está despolitizado depois da guerra e só quer saber de comer, jogar baralho e tomar a fresca quando o sol da tarde é como um bálsamo sobre os terreiros e barracos. Portanto resolvo ficar no fastuoso apartamento de María Prisca, que de certo modo herdei. Uma herança sem papéis. Sei que o louco do Perpetuo anda por Madri à minha caça, de trinchete em punho, e o prédio de María Prisca tem um policial de guarda permanente na entrada. Foi posto ali por Sancho Galia para seu amor. Depois da morte dela, tiraram o carro oficial, o chofer e até o *valet* maricas, mas ninguém se lembrou do guarda, que continua lá. É a inércia ministerial. Dou-lhe instruções muito precisas para que ele não deixe entrar determinados tipos, com ênfase na descrição de Perpetuo. María Prisca tinha uma amiga no edifício, *doña* Hermenegilda, viúva de um general de Saliquet, morto gloriosamente em Teruel. *Doña* Hermenegilda é uma basca alta e loira, bem arruivada. Deve ter tido um grande corpo. Agora deve rondar os 60 muito bem vividos, com porte e gênio. *Doña* Hermenegilda usa sempre casquete com veuzinho, que fica muito sugestivo sobre seu cabelo avermelhado e seus olhos verdes, claros, pequenos e maliciosos. Eu sempre soube que, assim que deixava o prédio, *doña* Hermenegilda descia para ver María Prisca e alcovitá-la um pouco. Jogavam baralho e falavam de homens. Parece que *doña* Hermenegilda não tinha sido exaustivamente fiel ao seu heroico general. A despeito das cruzes e da glória daquele general, a pensão que ele lhe deixara era um tanto parca, portanto *doña* Hermenegilda aceitava hóspedes, somente um e somente homens, no seu espaçoso e rico apartamento, para completar as despesas, e desconfio que também para travar suas últimas relações com macho, na sua alegria menopáusica. A casa, de fato, era deslumbrante, pelos móveis, pelas vitrines com objetos brilhantes e pelos uniformes do morto, pendurados à vista das visitas com todas as suas condecorações, laços, faixas, cruzes e alamares de guerra. Mas o fato é que *doña* Hermenegilda (que jogava forte em misteriosas tabulagens e bebia licores doces e caros) não tinha um puto. Estou falando dela no pretérito porque foi assassinada ontem à noite. As garotas do frontão continuam fodendo por dinheiro. Na tertúlia do café Roma fala-se esta tarde de como Yagüe tomou Badajoz. A guerra substituiu os touros como assunto de conversa (a guerra, não a política). Guerra civil e touradas são quase a mesma coisa. Às vezes me encontro com o *valet* maricas e com Fabián, o chofer, em algum tabernão de Cuatro Caminos, para comer *gallinejas* e beber vinho de Arganda. Plantei os dois como escriturários e me servem de informantes. São os dedos-duros do dedo-duro. Já não se fala em "classes laboriosas", como no tempo dos vermelhos, mas em produtores, que é a palavra de Franco. A turma do café Roma conta que Yagüe, na praça de touros de Badajoz, perante um público de oficiais, falangistas, padres, freiras, frades etc., fez uma execução em massa de tarefeiros e camponeses, à base de metralhadora. Parece que o número foi bom. Pelas pensões da Gran Vía aparecem os primeiros alemães fugidos daquilo que já se começa a chamar de derrota de Hitler (mas não na imprensa). São artistas de cabaré e estão em Madri à procura de emprego.

Treze

Estrada de San Isidro, matadouros, quartéis e ciganos, lixeiros, margem direita do Manzanares. Por aí anda zanzando Perpetuo, o perpétuo, por aí dorme e vigia, à minha procura, com o trinchete em punho como uma chama de prata que o vento negro de Madri não apaga.

    Juan Aparicio me conta que andamos pelos trezentos mortos por dia. É uma boa marca. Ultimamente, o tribunal da rua Génova assumiu a dianteira. *Doña* Hermenegilda tinha hospedado havia pouco um mouro expulso misteriosamente da escolta de Sua Excelência. *Doña* Hermenegilda não tinha medo de nada, e talvez até esperasse desfrutar dos grandes favores viris que se atribuem a essas raças. O mouro sumiu como um raio, e os jornais demoram muito a noticiar o crime, e o noticiam mal, breve e escondido, sem dúvida porque o mouro está envolvido no caso, no mínimo como suspeito, e é um homem do serviço do Generalíssimo. O guarda da porta me dá detalhes de um homem que andou rondando a casa. A descrição coincide com a de Perpetuo. Digo isso a Juan Aparicio, e denunciamos Perpetuo como provável assassino de *doña* Hermenegilda. Alguns vermelhos que se negam a confessar têm os tornozelos limados. Assisto a alguns fuzilamentos da Casa de Campo e da rua de Maudes, em noites sem sono. Abril canta em Madri com aquela pujança e violência de sangue que a morte purificadora sempre traz. Até as brancas flores das ameixeiras se tingem de um rosa vinháceo que é sangue. *Doña* Hermenegilda foi encontrada estrangulada embaixo de um colchão, com toda a casa revirada e destruída. Sem dúvida, o motivo do assassinato foi roubo.

As baratas da cozinha (havia muitas) são as únicas testemunhas de tudo. O motivo foi roubo, sim, mas o ladrão só achou uns trocados, e no seu desespero decidiu destruir a casa. *Doña* Hermenegilda, grande senhora, grande viúva, grande alcoviteira, grande puta, não tinha um puto, como já foi dito. Fumava cigarrilhas e perdia tudo no baralho.

Aparicio me confidencia que, segundo os relatórios secretos, 70% da Espanha é de direita. "Temos que acabar com esses 30%." Eu acabaria com tudo, porque a Espanha de José Antonio não seria de direita nem de esquerda. Inclusive ainda resta por aí algum maçom Grande Arco, grau 13. Agora se fuzila na Dehesa de la Villa. Com o *valet* maricas e o chofer, frequento os sindicatos verticais de Cuatro Caminos. O tribunal instalado no local onde ficava a primeira tipografia de *D. Quixote*, rua de Atocha, funciona sem dar motivo de queixas. Mortos na estrada de Múrcia. Os mortos são um bom alicerce para a Nova Espanha, que eu queria muito mais nova. Perto das fábricas de lenços de Argüelles, vejo umas operárias de muito boa aparência, jovens, saltitantes e como que alheias a uma guerra que só viveram em criança. Agora que as minhas amantes morreram, vou ter que procurar sangue novo. Não é verdade, como diz a imprensa estrangeira, que aqui se violentam as mulheres condenadas à morte. Só depois de mortas, no necrotério, como eu mesmo fiz com aquela linda loira, delicada como um Leonardo, como já se contou aqui. Se eu respeitei Escola, recém-morta, foi porque Pedro Damián estava por perto, chorando sem parar.

E as ajudantes das lavadeiras do Manzanares. Vejo mulheres desejáveis e gentis por toda parte, principalmente entre o povo. As mulheres não parecem saídas de uma guerra, salvo as muito velhas. É enorme a capacidade de autorregeneração da mulher depois de uma guerra, de um parto, de uma surra do marido. Eles, ao contrário, os homens, têm todos um ar de milicianos combalidos, de perdedores natos, de paspalhos que perderam a noção da própria vida, da própria pessoa. Com essa argamassa humana, não sei que país vamos fazer. Os lojistas da rua Arenal e suas viúvas, que já o são em vida deles, vendem mais velas, círios e imagens do que nunca. Suas lojas se enriqueceram com o que os vermelhos roubaram das igrejas de toda a Espanha. As pessoas compram muita religião. Contrariando o que dissera Azaña, o país é mais católico que nunca. Há um perpétuo odor de Semana Santa, de novena de mulheres sem banho, de funeral de latão e latim, que me enjoa, me enoja, por pouco não me impele ao assassinato. Quão mais saudável é o paganismo de Hitler, ainda que agora se comece a dizer, como já contei aqui, que seus assuntos não vão tão bem como ele esperava. Só falta agora que Franco tenha razão na sua neutralidade. Franco vai se encostar em quem ganhar. É um galego matreiro, um judeu camaleão e um covarde com sorte e instinto. Perpetuo já foi preso, quando saía de uma visita à menina Juana, e está condenado ao fuzilamento. Espero que não tenha contado muitas coisas para a filha. Assim que ele morrer, vou ver a menina Juana, com bonecas e chocolates. Não vejo a hora de alisar suas mãozinhas de delicada ossatura, de acariciar as faces de flor morta da menina mais linda e mais infeliz do mundo.

Juana está num desses centros de Assistência Social que acolhem e reeducam os filhos dos fuzilados. Falangistas à paisana andam por aí gritando "Gibraltar espanhol!". O grito em si não me parece ruim, mas sei que é uma invenção de Franco. Trata-se de manter a juventude entretida com alguma briga, de dar uma "causa" aos falangistas. Pura distração. Arrese começa a se parecer com Franco, até fisicamente. Serrano Suñer foi preterido por esse homem medíocre e persuasivo, que o tem espezinhado. São coisas que se comentam na Alcalá, 44. Pela primeira vez na vida, Franco "se mete em política" e tenta uma reconciliação entre Alemanha e Inglaterra, "em face do perigo comunista". Não passa de uma operação ardilosa e galaica para dar uma mão a Hitler, como me explica Aparicio. Naturalmente, a coisa não funciona. Talvez seja tarde demais. Dionisio Ridruejo voltou da Rússia e anda pelos cafés escrevendo papéis e papeluchos e sonetos para regenerar o franquismo e a Falange. Vou vê-lo no Comercial. Lá o encontro roído de guerra, tuberculose e uísque. É um Ridruejo curtido pelos sóis da guerra, gasto pelas usuras da fome e da doença, com os olhos brilhantes, o perfil alucinado e um ar angélico, saudável e fugaz que a tundra lhe deu. Logo larga a escrita e desata a falar, coisa que lhe agrada muito mais. Seu discurso é brilhante, perfeito, geométrico, como sempre (mas não circular, e sim mais parecido a um poliedro). Admiro esse discurso literariamente e concluo que Dionisio Ridruejo está se bandeando para a democracia cristã. Mais um que vai se esquecendo de José Antonio.

Saio desapontado do café. As 150 grandes prisões da Espanha continuam cheias de presos políticos. Por que alimentar essa gente e não liquidar todos de uma vez? Para mim, são irrecuperáveis. Estamos matando pessoas ingênuas que andam pelas ruas, pura grisalha humana, enquanto os assassinos perigosos seguem na cadeia comendo à custa do Estado. Banús, construtor do Vale dos Caídos, recruta seus operários entre esses presos, mas de um jeito estranho: examinando seus dentes, como se fossem cavalos. Sabe-se que Banús não suporta o bafo dos escravos. Banús, eis aí o franquista puro, o novo-rico de Franco, o tipo que José Antonio teria fulminado sem pensar duas vezes. A menina Juana e eu estamos no cemitério do Leste, diante de um túmulo humilde, um monte de areia com breve lápide rota que diz Perpetuo Trigueiros, descanse em paz. A menina Juana e eu rezamos para Perpetuo Trigueiros, ou seja, seu pai. A menina Juana, que as senhoritas da Assistência Social vestiram com babados e laço de cretone, enorme, já quase me bate no ombro. Reza como uma mulher adulta. Ajoelha e deixa uns crisântemos para o pai. Flores que compramos no portão do cemitério. Agora, Juana reza ajoelhada e, de cima, vejo através do fino véu escuro o grande laço, como uma borboleta presa, amortalhada, e a cabeleira loira, brilhante, sutilíssima. Eu mesmo encomendei essa lápide na última hora e mandei colocá-la em cima de qualquer túmulo anônimo. Tanto faz. Faço a menina Juana feliz (as mulheres são felizes chorando, desde meninas) ao trazê-la diante do pai morto, para que despeje suas orações e suas lágrimas. Vamos visitar o papai toda semana. Combinado. Da mulher de Perpetuo, nunca mais se soube nada. Juana, inclinada sobre a terra do túmulo anônimo, faz cruzinhas com o dedo indicador, um dedo de infantinha pobre, e depois escreve o nome do pai. Ao Papai Perpetuo, com amor, Juana. Abril é uma sufocação de flores, luz, nuvens, perfume, pássaros que cantam no alto do sangue dos mortos e abelhas meleiras de cemitério que pousam por um momento, douradas como broches, no véu negro da menina.

— Anda, Juana, meu amor, vamos, que já é tarde.

Parece que Perpetuo não chegou a contar nada de mim para a menina. É natural. Ela não poderia entender. Perpetuo já está fuzilado, talvez muito longe daqui, mas este outro aí embaixo também serve para pai. Tiro Juana da Assistência Social uma vez por semana, aos domingos. Primeiro visitamos o túmulo de Perpetuo Trigueiros e depois lhe compro um picolé, a levo às quermesses, às romarias, ao cinema, ao carrossel, a lugares divertidos. Finalmente Juana está à minha mercê (na Assistência Social, sabem que fui um bom amigo do seu pai e que a menina não tem mais ninguém). Um domingo inteiro com a menina/mulher dá para muito. Eu a aliso, a toco, pego nas suas mãos, ela revolve meu cabelo, nos roçamos a todo momento, ela me agarra nos filmes de medo, e a levo nos braços pelo parque da Casa de Campo, quando está cansada. Eu a amo.

— Anda, menina, vamos que você está se sujando.
— Será que o papai Perpetuo se lembra de mim?
— Claro que lembra.

José Antonio Girón (mais tarde, Girón de Velasco) é um demagogo que denuncia ao povo os traficantes do mercado paralelo, como se eles fossem alienígenas de uma galáxia misteriosa que nos atacam e humilham. Ele sabe os nomes, os canais, os mecanismos, as pessoas, os culpados, mas não faz nada para acabar com o mercado paralelo, apenas o usa politicamente para demonizar uma classe difusa, para oferecer ao povo um inimigo (o povo, que é criança, precisa de um inimigo, como a criança precisa de um pecado, para ter identidade): enquanto vociferam contra Gibraltar ou o mercado paralelo, identificam-se com Girón e se esquecem dos seus mortos recentes, quentes. Girón é um josé-antoniano falso de Valladolid com uma retórica de luzeiros verdes e uma lenda do Alto del León, onde ele barrou o inimigo. José Antonio de Girón y Velasco é morenão, simplório, lírico e violento, com uma graça despótica entre as sobrancelhas e o bigode retinto, com aquele despotismo dos homens medíocres, aquela coisa robusta e prematura dos grandes gordos históricos que vão morrer de gota ou de facada. Acho que esse homem está encaminhado para ministro.

Madri vai se enchendo de matutos. Os camponeses abandonam a terra morta, a terra sem pão, a terra que fecundamos de sangue para que desse frutos, mas na qual nada vinga agora, porque a morte, em José Antonio, é uma morte fecunda, uma morte que tem sua primavera, como a vida, mas a morte de Franco é uma morte militar e estéril, porque nosso general é parco de ideias, de imaginação, de poesia, e o que move os povos é a força dos poetas.

Madri vai se enchendo de matutos. Já o comprovei em Ventas e em Vallecas. São brutos descerebrados que passaram por uma guerra civil como por um terremoto. Um terremoto não admite hipóteses políticas, e uma guerra civil, para eles, também não. Fuzilaram sua terra, o minifúndio da avó e o que existe além do minifúndio, ou seja, o mundo, não lhes interessa, não lhes parece mundo, não lhes diz nada. Nieves Conde faz um filme sobre isso, chamado *Surcos*, que teve muito boa acolhida, mas que se desvia excessivamente para o policial (daí seu sucesso de público), desvirtuando a mensagem.

Vejo uma Madri de veludo e cesta ao braço, vejo uma Madri periférica de barracos, quatro galinhas e um despontar tímido e poético de aldeia. Só sabem fazer uma coisa e querem voltar a erguer seu povoado em 7 metros quadrados de Vallecas. A guerra foi uma negra outonada para os campos da Espanha, e é aqui que faz falta a imaginação de José Antonio. Nem Franco nem Girón, com seus luzeiros verdes, fazem nada para melhorar a situação, salvo o grito de *Arriba el campo*, que ninguém sabe ao certo o que quer dizer.

O Serviço Nacional do Trigo. Um ninho caríssimo de burocratas, quando o que não há é trigo. As espigas teriam florescido à mera passagem de José Antonio. Ruiz Jiménez, de quem já falei nestas memórias, pelo visto está proporcionando a Franco o mínimo álibi intelectual que antes lhe proporcionara Ridruejo, o chamuscado Ridruejo. Ruiz Jiménez, alto e de costas oprimidas e opressivas, é, mais do que um camelo em forma de gente, uma enorme e estúpida camela que camela entre o Generalíssimo e os estudantes, entre Nossa Senhora de Lourdes e os pobres, entre o padre Llanos e Deus Pai.

Camela sem cameleiro, camela perdida entre as dunas moventes do sistema, é outro que vejo encaminhado para ministro, assim como Girón, mas por outros caminhos. Girón encarna um José Antonio vicário e vendido. Ruiz Jiménez encarna o democrata cristão, também vendido ao nacional-catolicismo que leva Franco sob pálio. Preciso matar alguém, mas não sei quem, afora esses ingênuos advogados, esses indefesos aldeãos que matamos todas as noites. Iturmendi, monárquico carlista, também se encaminha para ministro. Acho que começo a entender o jogo de Sua Excelência. Como todos conspiram contra ele, ele vai ganhando todo mundo, e isso que ele chama de "Movimento" não passa de uma liga de carlistas, falangistas, legionários, liberais de direita, monárquicos de D. Juan, empresários como Banús e Barreiros, mais o proxenetismo de Perico Chicote.

Muñoz Grandes, voltando da penosa aventura da Divisão Azul, que custou a saúde de Ridruejo, é nomeado ministro do Exército. Tem a confiança de Hitler, o problema é que Hitler já não vai tendo a confiança de ninguém, nem sequer dos seus. Franco se escora num amplo leque de tendências e personalidades. Digo isso a Juan Aparicio nas nossas manhãs de literatura e conversa:

— Estamos voltando a fuzilar José Antonio, todos juntos.

— José Antonio é imortal e voltará por outros caminhos. Você que é um romântico precipitado. Tenha paciência.

E Aparicio enfia na boca seu longo charuto apagado.

Catorze

Os velhos e os desempregados fimbriam Madri de sombra e cansaço, sentados na Plaza Mayor, nos parques e praças da vizinhança. Os toureiros saúdam Franco com a saudação romana. Franco tem três uniformes: um de general, outro de falangista e outro que é Fernández Cuesta.

Franco leva Fernández Cuesta a tiracolo como um cabide humano para que vista o uniforme da Falange. A estirpe de Raimundo serve para insuflar nas populosidades falangistas uma esperança, longa e morna, de que isto não morreu. Quando escolheu Fernández Cuesta para secretário-geral do Movimento, ouviu do seu cunhado Serrano Suñer:

— Você escolheu o mais tolo.

— Por isso mesmo que o escolhi.

O país, já devo ter dito aqui, cheira a Semana Santa e as sacristias tomam as ruas. Há um réquiem anual pelos reis da Espanha, mas Franco nem pensa em trazer a monarquia ou a revolução falangista. Franco é somente franquista, e o franquismo é uma teoria da mediocridade como ordem natural das coisas. Duzentas mil toneladas de cimento no Vale dos Caídos. Franco proclama: "Nossa guerra foi uma Cruzada". Continuo morando no apartamento de María Prisca. No bar da esquina, uma manhã, tomando meu desjejum, encontro no balcão aquele mouro que era da escolta de Franco. A velha história de que o assassino sempre volta ao local do crime.

— Fora daqui, mouro de merda.

Encostei no balcão ao lado dele e lhe falo de perfil.

O mouro, com roupa de mendigo, toma chá com anis e não responde.

— Por sua culpa mataram outro, mouro desgraçado.

Fuma e bebe devagar, mas percebo que está assustado.

— Por que voltou aqui? Vou fazer que te fuzilem.

O mouro me olha por um instante com uns olhos que têm todo o horror da África. Depois paga sua conta com uma moeda suja que brilha como prata e ouro nas suas mãos escuras.

— Dinheiro que você roubou de *doña* Hermenegilda, mouro filho de puta.

Dá meia-volta e sai do bar. Não posso fazer nada contra ele. Como assassino de *doña* Hermenegilda já consta Perpetuo Trigueiros. Sob que acusação vou condenar esse mouro? Se falasse, seria pior. Sei que desapareceu para sempre. Talvez ele só tenha vindo atraído por esse fascínio tópico, mas real, que o assassino tem pelo cenário da sua façanha.

Tomo meu desjejum em pé junto ao balcão, como todos os dias, antes de ir ao escritório de Juan Aparicio, meu uísque com frutas secas e salgadas. Uma dieta saudável, penso. Não consigo evitar, os mouros me dão nojo, e os negros e os judeus e os índios e os ciganos e todas as raças escuras. Arrastam consigo como que uma imundície bíblica. Nesse ponto, estou totalmente com Hitler (e em outros também). Amo na menina Juana a Castela germânica, a Galícia celta, as raças loiras, claras, limpas e esbeltas. Não há dúvida de que o futuro do mundo é jogado entre arianos e judeus. Hitler foi genial em ver isso.

Marx era um judeu que tentou mascarar esse jogo com a economia. O problema não é entre ricos e pobres, mas entre raças e raças. As raças são o fundamento natural do mundo, e não o dinheiro, essa abstração. É preciso corrigir a Criação e limpar a terra de povos sujos, escuros, preguiçosos, supersticiosos e lascivos. Agora dizem que Hitler vai de mal a pior, mas cedo ou tarde se imporão a razão branca e o ideal loiro do mundo. Eu sou loiro basco de ascendência, talvez um pouco godo loiro castelhano, e gosto disso. Nunca foderia uma negra. Há quem tenha horror das mulheres, que são tão inofensivas e inferiores. Eu só tenho nojo das negras, das mouras, das judias. Entendo de repente, com o auxílio do uísque, que todo meu amor pela menina Juana é o amor a uma promessa de mulher loira e alta, celta e limpa.

Por isso não é direito que Franco tenha uma guarda moura. Seu africanismo o estraga. Como pode ser amigo de Hitler um homem que se cerca de negros? Ele mesmo é judeu galopante. Amo a varonia de José Antonio. Penso que todos os mouros da guarda de Franco são assassinos, como esse que matou *doña* Hermenegilda. Um dia acabarão matando Franco, se ele não os mandar logo embora. Essa guerra mundial foi montada como cruzada definitiva contra as raças que devem desaparecer do planeta. Como já disse, é preciso retificar a Criação.

Vejamos. Franco tem o Exército. Paga mal aos seus soldados, mas os enche de glória. Conseguiu fazê-los acreditar que são, não os defensores da Pátria, mas a Pátria mesma. De ferramenta, converteram-se em Ente. Tudo isso é o que eu escreveria a Juan Aparicio, mas nem ouso falar com ele desse assunto. Estamos numa ditadura militar, e isso é tudo. Como as da América do Sul. Franco é útil porque está limpando os porões da Espanha, como ele diz. Mas sobre essa Espanha nova deveria se fazer a revolução de José Antonio, justiça e poesia. Nós, falangistas, ficamos como o folclore do sistema. Um folclore que é bem incômodo para Franco, diga-se de passagem. Somos folclore e burocracia. Nada mais. Cada vez que vou à Alcalá, 44, ou ao *Arriba*, saio muito triste. Esses caras são uns safados que preferem acreditar que a revolução está a caminho. Eu sou mais lúcido. A revolução morreu no dia em que fuzilaram José Antonio em Alicante. Pago e saio. Como se não bastasse, Franco começa a se engraçar com d. Juan de Bourbon. É um novo-rico que no fundo se orgulha de receber o rei.

É concebível uma Espanha monárquica depois da guerra mundial? Hitler não toleraria semelhante coisa. E as democracias anglo-saxãs, se ganharem, também não. Qual é o jogo de Franco, então? Já disse, é um novo-rico do poder que no fundo adora receber cartas do rei pedindo-lhe favores. Casou-se com *doña* Carmen acreditando que era uma princesa de Covadonga, puta merda. José Antonio era marquês, e nunca usou o título.

Eu sou o primeiro vendido, ou o último. Às vezes me engano, acreditando que, aos poucos, algo está sendo feito. Mas o uísque me dá lucidez, e chego à redação de Juan Aparicio feito um touro bravo. Depois, ao longo da manhã, sua placidez papal e cínica vai me acalmando. Acabo escrevendo o que ele quer. Penso na minha pistola Star, no suicídio, como única saída. Mas o que seria da menina Juana sem mim?

Todo um domingo completo, com Juana, consiste em ir buscá-la de manhã cedo na Assistência Social (Santa Catalina, fundos do Ateneo) e acompanhá-la à missa na igreja de São José, na rua de Alcalá. A menina Juana, na missa, torna-se adulta sob seu véu emprestado, consulta muito o devocionário que leva nas mãos, suas adoráveis mãos magras e mínimas, de uma palidez fosca. Eu lhe dei água benta na pia, junto à entrada, como a uma dama, pois sei e vejo que tudo o que ela faz, mais que uma cerimônia religiosa, é um aprendizado da maturidade.

Juana não é uma devota. Juana, minha menina, é uma mulher que está aprendendo a sê-lo na missa, na rua, nas brincadeiras, no seu convívio semanal comigo. As crianças entendem a brincadeira como um aprendizado da dignidade. Nas suas brincadeiras não se isolam, mas nos imitam. Ao sair da missa, Juana tira o véu com um gesto que já é de mulher, perfeitamente maduro e desejável. Depois vamos à quermesse que estiver funcionando, em Madri sempre há alguma, até no inverno. Abril se incendeia de verde nos pinheiros de El Retiro e distribui galas nupciais, brancas, entre seus gramados. A natureza está casando-se com alguém. A quermesse, de manhã, está adormecida, preguiçosa, modorrenta. Juana tem uma amizade dominical com o urso da Casa das Feras, no parque de El Retiro, com o macaco e o elefante. O elefante se chama Perico, está velho e cansado, e aceita a amizade da menina como uma dádiva tardia. Juana, com sua cabeleira loira, seu grande laço, seu casaquinho curto, sua saia plissada, suas pernas finas e fortes, suas meias brancas e seus sapatos pretos de verniz e fivela, é algo que amo absolutamente, urgentemente, embora não pense submeter a menina a nenhuma urgência.

Depois da sua conversa dominical com o elefante Perico, que para ela já é como um tio, Juana me leva pela mão até a beira de um regato do parque onde nos servem camarões na chapa, camarões com alho, mexilhões e todas essas comidas esquisitas e duvidosas que Juana gosta de comer. Eu bebo cerveja, e ela, limonada ou laranjada.

De tarde, na primeira sessão, sempre a levo a ver um filme de terror, que é do que ela gosta, mas logo dorme no meu ombro, fazendo a digestão das suas porcarias, e eu, de olhos fechados, alheio à tela, desfruto desse peso quente, leve, infantil e feminino da menina.

Como dorme durante o filme, depois me pede que eu lhe conte o que ela perdeu. Eu também não o vi, mas improviso uma história de vampiros e meninas sugadas que Juana adora. Impossível saber se toda a mitologia sexual dessas histórias de terror, vistas ou inventadas, comove minha menina. Em todo caso, para mim está claríssimo que o terror é vizinho de cela do sexo, e nunca saberei até que ponto os estremecimentos de Juana entre meus braços são de terror ou paixão.

De volta à quermesse, à tarde, quando Santo Antonio ou São Isidoro já têm o sabor, o calor e a cor que lhes correspondem, Juana monta nos cavalinhos, no menor deles, um cavalo branco que é seu favorito, e eu monto num cavalo preto, que está ao lado, na banda interna do carrossel.

Com o rabo do olho, observo a menina como uma tenra amazona, como se ela tivesse nascido para viajar a cavalo, neste modesto hipismo circular. Que alazães de raça e sangue Juana galopa num cavalinho de gesso pintado! Que perfil o dela, e o do cavalo, cortando a primeira tarde, abafadiça e bronca, com uma energia doce que é levada pela música ácida e violenta do carrossel!

Amo e desejo essa criança que o tempo colocou no meu caminho. É loira como uma alemã e gentil como uma latina. O que eu não faria por ela? Segue muito séria no seu cavalo branco, repetindo sem saber o mito de Lady Godiva, e estou disposto a resgatá-la da Assistência Social, da Seção Feminina, das mães terríveis do Movimento, de tudo. Mas não sei como.

As moças da Assistência Social se comovem com minha dedicação pela filha de um homem que teve de ser morto por ser vermelho e assassino, mas de quem eu, apesar de tudo, era amigo. Consideram-me muito humano, como se diz. A menina Juana dá voltas no seu cavalo, com uma repetição que cria sonambulismo, e eu já estou em terra, vendo-a passar e passar, gozando de cada nova aparição, por vezes mais irreal, mais iluminada, mais adorável. Queria que Juana nunca apeasse do seu cavalo branco, que não voltasse a pisar na terra vulgar e perigosa da realidade.

Ao anoitecer – precisamos estar de volta na Assistência Social às oito e meia –, pegamos um bonde dos que regressam para o centro, carregados de toda a tristeza festiva do domingo, e Juana dorme deitada no meu regaço, feliz de ter visto tantas coisas, confusa e cansada. As pessoas nos olham e ninguém duvida de que seja um pai jovem com uma filha linda. Eu mantenho uma mão pousada no pescoço magro e palpitante da menina.

— O papai se lembra de mim lá no céu?
— Mas claro, Juana.
— E ele me vê montar nos cavalinhos?
— Mas claro, Juana.
— E ele gosta disso?
— Ele gosta de tudo o que você faz, Juana, e eu também. Você é a melhor menina do mundo.

E a menina vai virando mulher sobre meu regaço. No campo de concentração de Vallecas, os presos estão tão desnutridos que não têm força muscular para defecar. Eles tiram as fezes secas uns dos outros usando uma chaveta de lata de sardinha. Comem cascas de batata. Mas isso pertence à realidade de amanhã, segunda-feira. Hoje, domingo, ainda sou o pai putativo de uma menina órfã e tenho uma ereção com o contato quente e ingênuo do seu corpo adormecido sobre meu corpo, mas tento pensar em outra coisa.

— E o elefante Perico vai se lembrar de mim no domingo que vem?

— Assim que ele te vir chegar.
— E os cavalinhos nunca param de dar voltas?
— Nunca, são incansáveis. Só dormem um pouquinho de noite.

Mas Juana vai crescer, vai querer saber das coisas e acabará me descobrindo. E me odiando. Ou me matando. Como seria bom ser morto por ela. Há em tudo isso uma profunda desordem que é a desordem do mundo. Deveria existir um mundo em que eu pudesse ser o pai/amante de Juana. Isso me cheira um pouco a paganismo e me remete a José Antonio, que morreu cedo demais para ser um pagão como Mussolini, que ele tanto admirava.

Deixo a menina em Santa Catalina, nas mãos de Perfecta. Perfecta é uma senhorita da Seção Feminina, de uns 25 anos, com quem fiz amizade através da menina. Perfecta é loira, sólida, firme e feminina como um Botticelli malogrado. Tem tudo para ser um Botticelli, tirando certo toque provinciano que me irrita. Perfecta está cada dia mais próxima de mim e mais distante da menina. O que me interessa é que ela cuide bem de Juana e que não suspeite do meu amor pela menina. A melhor estratégia, para evitar essa suspeita, é seduzir Perfecta:

— Sou galega, gosto de crianças, mas não quero perder minha liberdade casando.
— E o amor?
— Por um verdadeiro amor, eu daria tudo.
— Duvido que você seja capaz de dizer isso a Pilar.
— A Primo de Rivera tem muito a esconder.

Ouvi essa declaração com espanto.
— Que é que tem a Primo de Rivera?
— Este não é lugar para essa conversa. Liga para mim uma tarde, e combinamos de sair.

Liguei para ela uma tarde, e combinamos de sair. Começamos percorrendo os bares da rua Serrano, ela com seu uniforme da Seção Feminina, eu com minha camisa azul embaixo do paletó. Acabamos uma tarde no meu apartamento, quer dizer, o da pobre María Prisca, e lá fizemos amor. Perfecta tinha um corpo sólido, de linhas duras, uma boca voraz, um sexo sempre úmido, com constante provisão de mel, uma ternura seca e um instinto contido:

— No castelo de La Mota, Medina del Campo, onde todo verão trabalho como monitora, as meninas acabam se pegando umas com as outras e é preciso suspender o curso porque aquilo é um escândalo.

— Lésbicas?

— Profissionais, duas ou três, mas aproveitam para atrair as outras.

— Todas elas?

— Algumas. O suficiente, como eu disse, para ter que suspender um curso. Todo ano, a mesma coisa.

— E Pilar?

— Pilar finge que não sabe de nada.

— Posso escrever sobre isso?

— Você que sabe, mas acho que não.

Pensei um pouco a pergunta antes de fazê-la, os dois deitados na cama fria e imensa da pobre María Prisca:

— E você entrou na roda?

— Não mesmo. Eu gosto de rola.

— Então, tem que denunciar tudo.

— O caralho.

Reflito que os ideais de José Antonio já foram tão acanalhados que falham por toda parte. Perfecta, dura e exigente, bela e mulher forte, exige uma segunda rodada. Faço o que posso.

Quinze

Há três bandeiras presidindo a grisalha e o sequeiro desta Espanha que me desagrada. A falangista, que já vai sendo meramente decorativa; a nacional, que me lembra demais os Bourbons; e a carlista, que é uma piada, um alarde de possibilismo de Franco. Os flechas e os *balillas*[37] desfilam por Madri ante a curiosidade um tanto irônica do público. São escassos e destreinados. Deve-se reconhecer que a Falange não se introjetou nesta sociedade espanhola, que não sabe onde a revolução de fato se encontrava e que está disposta a ser muito feliz com Franco pelos séculos dos séculos. Os cartazes patrióticos estão entre o expressionismo e o cubismo. Os estetas de Franco – Sánchez Mazas, o próprio Aparicio – não percebem que o meio trai a mensagem. Estão tomando sua estética daquilo que querem combater. Ou talvez não se importem e estejam apenas tratando de cumprir um encargo em troca de algum dinheiro. Não existe um único retrato bom de Franco. Só isso já dá uma ideia da estética do regime. A troca da guarda moura no Palácio Real me parece uma opereta trágica e antiga, além de me lembrar

---

37 Assim eram chamadas as crianças das juventudes falangistas da Espanha. O nome vem da organização fascista italiana Opera Nazionale Balilla, fundada em 1926.

o mouro que assassinou *doña* Hermenegilda, que um dia ainda vai voltar para me matar.

Levo Juana pela mão ao Desfile da Vitória, e do que ela mais gosta é da cabra da Legião, de turbante e com um mouro montado em cima. Uma coisa de circo. Toda a estética do desfile é mussoliniana. Franco não é fascista, mas seus imediatos forjam para ele um entorno esteticamente fascista. Juana também gosta muito dos mouros a cavalo, que logo lhe lembram os Reis Magos.

A Guarda Civil das estradas voltou à carga com todo o seu poder repressivo. García Lorca dizia que os guardas tinham "de chumbo as caveiras". A Guarda Civil, cuja jurisdição se restringe ao campo, não tem outro objetivo senão proteger o latifundismo oligárquico e feudal. Dia desses pegaram um par de caçadores furtivos e os fuzilaram por matar algumas lebres na fazenda de um almofadinha. A notícia sai na imprensa como exemplar. José Antonio dava muita importância à revolução no campo, mas disso restaram apenas um retórico *Arriba el campo* e o burocrático Serviço Nacional do Trigo, que não sei para que serve. Sob o jugo e as flechas, imensos, da Alcalá, 44, caduca a velha mendicidade do pícaro, a Espanha pobre e suas genealogias.

Os jornais dizem que a fome na Espanha acabou, e têm razão. A fome organizada das filas do racionamento foi sucedida pela fome perambulante e rueira dos puros pobres, que só têm uma manta para cobrir a família inteira, dando à Gran Vía uma inesperada cor local marroquina.

Neste abril que cheira, como já foi dito, a Semana Santa e beata ressuada, levo Juana às procissões, e ela se aborrece. Gostou mais do Desfile da Vitória. Juana, como todas as mulheres, embora não sejam tão precoces como ela, gosta da religião tanto quanto da música ou da literatura: tudo para elas é motivo de distinção, fingimento e graça. Estou chegando à conclusão de que, enquanto nós, homens, nos entregamos às coisas e nos deixamos usar por ideias, causas, ideais, as mulheres, bem ao contrário, por instinto, põem tudo isso a seu serviço. Tudo o que elas frequentam as realça. Esse princípio geral é delicioso de observar numa criatura tão breve, numa mulher tão mínima como Juana. Não acredito na educação, como os comunistas, mas no instinto, como Nietzsche, e Juana não é senão a párvula de Nietzsche e Schopenhauer.

A Legião Condor desfila por Madri e em seguida volta para a Alemanha. Acho que a Legião Condor, tão efetiva na nossa guerra, foi um modo rigoroso e operacional de entender a luta por um ideal compacto. Aqueles homens de ferro loiros ficarão sempre na minha memória como a mais bela força que nos ajudou a ganhar a guerra. Dizem que a Legião Condor massacrou o casario basco de Guernica. E quantos casarios foram massacrados, pela direita/esquerda, durante a guerra? Por que fazer desse um símbolo? Porque foi pintado por Picasso. Mas na verdade Picasso estava pintando outra coisa, arrumou o quadro como pôde e o intitulou *Guernica*. Também poderia se chamar *Parto de madrugada com cavalo rampante*. Picasso, de modo geral, parece-me um bom desenhista e um andaluz matreiro e malandro. Já Gómez de la Serna o via, em Paris, com pinta de manobrista sempre cercado de mulheres sujas, pintadas e feias.

Se tem uma coisa que me enerva é a calça xadrez de Picasso, não consigo evitar, e ver como os esnobes do mundo inteiro vão cheirar suas cuecas (ele sempre está de cueca) no seu refúgio francês. É um bom desenhista que posa de gênio, um rústico espanhol que soube vender sua rusticidade ao mundo.

Vou ao café Comercial falar com Dionisio Ridruejo, que parece como que chamuscado para sempre pelos sóis da neve e da guerra. Ridruejo, como de costume, logo para de escrever. Está ansiando que alguém chegue para interrompê-lo, porque seu negócio é conversar. O meu é uma tentativa, sem muita fé, de me confessar com Ridruejo. Penso que ainda nos une vagamente certo falangismo puro, uma relação inexistente, mas possível, na qual ele, naturalmente, seria o mestre:

— Não se engane, Armijo. Eu estive na guerra e vi muita coisa. Hitler perde, e é justo que perca.

— Isso me parece uma blasfêmia vindo de você.

— Foi um lindo sonho, Armijo. Um sonho que eu vivi muito mais intensamente que você, porque me apanhou muito jovem. Mas a bela fogueira ardeu, está se extinguindo, e o mundo já tem outra luz.

— Que luz?

— A democracia.

— A democracia está podre há muito tempo.

— Nem todas. Não estou falando das velhas democracias judaicas e maçônicas que, como você diz, estão podres desde sempre.

O Comercial, de manhã, é uma paz de velhas voltando da missa e garçons servindo o desjejum para si mesmos. Os grandes espelhos sonham um sol que só bate neles de reflexo. A rotunda de Bilbao está vestida de abril e alegre de bondes. Ridruejo toma devagar seu primeiro uísque do dia:

— Estou falando é da democracia cristã, Armijo.

— Eu devia ter suspeitado. Vocês todos sempre foram muito católicos.

— E isso é ruim?

— Não combina com Hitler.

— Hitler ficou sem futuro.

— E agora vocês vão trair Hitler em nome do papa.
— Talvez você seja jovem demais para entender.
Tomo meu café frio, preto e amargo.
— Entendo perfeitamente que na Itália, com a queda do Duce, quem vai mandar é o Vaticano.
— Quem vai mandar é o povo, assim como foi com Mussolini, mas por outros caminhos.
— A democracia cristã?
— Isso mesmo.
— É uma congregação de beatos e agiotas.
— Acho que você está pensando no nosso Gil Robles, Armijo.
— Estou pensando em você. Apesar de tudo, ainda esperava encontrar em você um pouco do José Antonio.
— José Antonio está em mim, em você e em muitos outros, mas ele mesmo teria entendido hoje que o nosso sonho foi um sonho de juventude.
— Você vai fundar a democracia cristã na Espanha?
— Por que não?
— Primeiro vai ter que contar para o Caudilho. Ele vai se divertir muito.
— O Caudilho sabe que isto aqui precisa de uma saída.
— O Caudilho não quer saber o que você diz e se limita a te tolerar. Logo vai te despachar a algum outro desterro tranquilo para que você escreva mais sonetos e se recupere um pouco.
O tabaco, a pena e os papéis de Ridruejo estão sobre a mesa. O café vai se enchendo de gente e nossa conversa torna-se difícil.
— Desde o primeiro dia, eu disse que você me parecia um pouco cínico, Armijo.
— O que é cínico, agora, é bancar o democrata cristão.
— Você é muito jovem e espero que um dia ainda me dê razão.

— Obrigado. Já sou batizado. Dispenso que você me batize outra vez.

Nossa despedida, apesar de tudo, é um pouco falangista, um pouco militar. Ridruejo talvez lamente perder um discípulo para seu novo credo. Sempre adorou ter discípulos. Saio do café com as ideias girando por dentro como a porta giratória do Comercial. Como se eu mesmo me movesse dentro de uma porta giratória, num cata-vento. Todos vamos perdendo José Antonio como referência. E assim o que resta é integrar-se a isso que Franco chama o Movimento, e no qual já estou muito integrado. Avalio a opção como se eu já não tivesse optado há muito tempo. Cinicamente, como me diria Ridruejo. Mas, à minha maneira, passei a vida vingando a morte de José Antonio, e isso me justificava. Agora sei que sou apenas um funcionário desse grande aparato sem nome real. Se Hitler perder a guerra, nunca haverá revolução falangista, e meu sonho era realizar-me em falangista, assim como outros em militar, herói, santo ou poeta. Sem uma fé pura e cruel, quase diria que temo a mim mesmo.

Às vezes me pergunto se a forma como estamos fazendo justiça não é demasiado burocrática e distante. Esses tribunais, esses profissionais do direito e da moral, toda essa administração que está conduzindo a limpeza da Espanha com eficácia, mas não com paixão. E os órfãos, as viúvas, os irmãos sem irmã, as vítimas da horda vermelha, como diz Juan Aparicio? São esses, todos eles, que deviam ser a justiça, fazer justiça com as próprias mãos para que se cumprisse o sagrado rito da vingança.

Há muito luto na Espanha, muito povo ferido, mutilado pelos milicianos, há muita gente que reza todos os dias para seus mortos. De fato se faz justiça, mas furtando-nos a vingança, que é o grande êxtase dos povos ultrajados. Essa justiça burocrática parece-me pouco, parece-me uma farsa de Franco. Deveriam deixar que o povo, a gente, os humilhados e ofendidos pela guerra, entrassem nas prisões e cumprissem por si mesmos a cerimônia grandiosa e purificadora de matar, de vingar, de redimir.

Nem pensar em escrever um artigo sobre isso, claro. Tampouco me atrevo a falar disso com Aparicio nem com ninguém. As pessoas se acostumaram à rotina das sentenças. Sei de muitos homens e mulheres que querem mais, muito mais, que têm pronta em casa a peixeira, a tocha, a navalha de barbeiro, a pistola, e que sairiam amanhã mesmo à rua, se os deixassem, em busca do seu inimigo entre os inimigos, com o instinto do sangue, que saberiam encontrar sua vítima, realizar sua vingança, olho por olho, dente por dente. Só com essa alegria do sangue, com esse júbilo da vingança, nossa gente recuperaria a alegria de viver, a graça revolucionária e a desordem das coisas.

Franco está aburguesando a todos nós, acomodando-nos com sua justiça, e vejo as pessoas com seu luto no braço ou na mantilha, mas comendo aos domingos camarões na chapa pelos bares da Serrano, e o sol da paz se doura na cerveja, como se não tivesse acontecido nada aqui.

Antes eu não pensava assim. Ficou escrito nestas memórias como eu pensava antes. Agora é claro que penso assim, porque tenho a sensação, cada dia mais intensa, mais opressiva, de que tudo se move devagar e em silêncio, calado e sussurrado, e nós, espanhóis, necessitamos da grandeza de uma grande morte coletiva para jogar fora tudo o que a guerra nos deixou no coração enferrujado, no coração emperrado de sangue seco, covardia, preguiça e até perdão.

Há que perdoar. Há que matar. Eles, os outros, se vingaram, e como. Aqui os bispos pregam perdão. Os bispos são todos uns veados enrustidos. Eu pregaria a vingança. Estamos na hora da vingança e a deixamos passar. Falta a esse povo mansueto a alegria vingativa do crime.

Nós, falangistas, fomos reduzidos a um desenho de Teodoro Delgado, nem sequer de Sáenz de Tejada, que desenha muito melhor. A degradação iconográfica corresponde à nossa degradação política. Circulam muitos sonetos de Ridruejo dedicados a Franco, quando Ridruejo já não é franquista. Os pecados da juventude passam a fatura, Dionisio, e não adianta se esconder no uísque. Recebemos a visita do conde Ciano, emissário de Mussolini. Carlitos, Mariquilla Terremoto e Boris Karloff triunfam nos cinemas da Gran Vía. Levo Juana para ver Ramper. Proíbem-se as "danças modernas", que são simplesmente a dança. Há como que uma satanização implícita da mulher, confinada nas reservas da Seção Feminina, onde, por outro lado, já contei o que se passa.

No meu caso, a mulher, como ideia, já caiu há muito tempo, mas por outras razões. Logo descobri que o sonho secreto de toda mulher, princesa, operária, católica, burguesa, beata ou puta, é ter um pau na boca, devorar o sexo macho com a boca ou a boceta. Em princípio, essa descoberta me causou estupor, pasmo, desconcerto. Logo comprovei que era uma realidade calada e universal. A mulher professa em segredo a religião do falo. O falo é o ícone silencioso de sua vida. E assim não há como idealizar as mulheres. Está na sua natureza humilhar-se e louvar como escravas, oralmente, o pênis masculino. Não são dignas de nenhuma idealização, mas apenas utilizáveis para o prazer e a cama.

A perda da fé na mulher me causou muitas outras perdas e, por reação, um endurecimento da minha fé no homem. A História tem sexo, e esse sexo é masculino.

Um país, uma política só pode progredir e se fortalecer totalmente inspirada em ideais machos. A Grécia é ambígua e se dissipa. Roma é macho e perdura. A mesma coisa com a Idade Média. O Renascimento é fêmea e só deixa a pintura e virtudes femininas. O XVIII também é fêmea, até a Revolução Francesa. José Antonio falou desse "homem nefasto chamado Rousseau". Mas Rousseau não passa de um profeta resmungão. A Revolução Francesa é linda e nela, sim, o povo faz justiça com as próprias mãos. O século XIX é fêmea e romântico. Não deu em nada. Devemos voltar a Roma com Mussolini, esquecendo o velho parlamentarismo artrósico do XIX.

O século XX é duplamente macho. Comunismo e fascismo. Só que o comunismo é a igualdade hegeliana e o fascismo distingue nietzschianamente entre raças, povos, sexos, classes e pessoa. A mulher é justamente o contrário do Super-Homem. E chamo de "mulher" também o homem fraco, dialogante, covarde. Para calar as mulheres, basta meter um pau na sua boca. Isso tem funcionado historicamente, em silêncio, e é o que faz da mulher um remanescente histórico, uma borra da História sem muito préstimo, salvo essa baboseira dos Coros e Danças de Pilar.

Todo o militarismo de Franco começa a me parecer feminino, não só porque o próprio Caudilho é uma figura ambígua, pouco viril, mas sobretudo porque Franco furtou-se à cruzada de Hitler como uma mulher sempre se furta ao perigo, à aventura, à façanha, em nome de razões domésticas. A guerra mundial de hoje é a grande oportunidade para definir o sexo da História, mas estamos perdendo nossa chance por ficarmos à margem, como uma senhorita que não quer entrar na dança, como uma provinciana.

A Espanha começa a ser fêmea. Nesta guerra que vivemos, José Antonio era o macho, e Franco, a fêmea. A fêmea, como sempre, devorou o macho. Estamos fazendo uma política doméstica e trabalhadeira, por mais que a palavra "Império" seja tão corrente. Bom, por isso mesmo que é tão corrente. A Falange é macho, e o franquismo nos chupa a rola todo dia, como a puta que é qualquer mulher, e com essa ejaculação diária nos damos por satisfeitos. Minha perda de referência feminina (até na missa elas pensam em pau, ou principalmente na missa) inclusive me levou ao fanatismo de uma política macho, que é a que a Falange teria feito.

O que amo em Juana, entre tantas coisas, é que, pura e criança, ela ainda não entrou na religião inconfessável do falo. Eu queria que ela permanecesse sempre assim, ao mesmo tempo que a desejo e cobiço sua pureza. Aliás, amanhã é domingo, e tenho que ir buscá-la. Vou passar o dia com ela, e isso me salva. Na segunda-feira, Deus dirá.

Dezesseis

No bairro de Getafe, vejo mulheres vestidas com capa de três buracos: a cabeça e os braços. Visito as Tchekás de Franco, que agora não se chamam assim, onde os universitários *azañistas* se movem entre sombras e baldes de merda. Acho que a depuração é a única coisa que funciona corretamente na Espanha. Talvez precisemos mesmo de Franco para acabar de limpar os porões do país, como ele diz, mas depois teremos que ir pensando em substituí-lo, embora eu não veja como nem por quem, não encontro o homem. Quem sabe o partido, a Falange? Um partido, ainda mais um partido único, não é nada sem um caudilho.

Na rua de Santa Engracia, 134, onde havia um colégio de meninas, temos presos de menor importância, gente indecisa que não fez nada de mau, gente "aproveitável", dizem alguns. Acho que deveriam matar todos, e eu faria isso pessoalmente. De que serve um indeciso se não para ser morto? Por aqui chamam a pena de morte de "Pepita". Julián Besteiro morre na Carmona, na prisão. Escrevo um artigo sobre ele para Juan Aparicio. Besteiro era um socialista de luvas brancas, como eu talvez já tenha dito nestas memórias, um tipo que se fingia de bom, que são os que mais me fodem a paciência, um santo laico, um vermelho aristocrático, ou seja, perfeitamente fuzilável, mas que morreu de caganeira ou algo assim, limpando seu próprio penico, como deve ser. Tudo isso eu conto no artigo, e Aparicio corta algumas coisas, mas no geral acho que ficou bom.

Besteiro e sua mulher, durante a guerra, confiscaram um palacete de La Castellana, em nome do povo, para dali difundir sua cultura socialista e, acima de tudo, organizar uma vida social, uma aristocracia de esquerda, com as "marquesas da República" (é como as chamo), que era uma imitação ruim e chucra da verdadeira aristocracia, certamente mais austera por mais curtida em anos e luxos, em anos e séculos de luxo. O mesmo que fizeram, aliás, em outro palacete, Rafael Alberti e María Teresa León, sua barregã, uma comunista que escrevia como uma professorinha do interior. Ou como o que ela era, uma senhorita piegas de Burgos, acho. Enquanto isso, o verdadeiro povo de Madri, os milicianos, morria de alpargatas por defender toda essa aristocracia do espírito, como os pedantérrimos chamavam a si mesmos, requentando uma frase de Ortega, se não me engano. E Alberti, o gêmeo ruim de Lorca, tirando vantagem da morte do amigo. Com Lorca vivo, Alberti não passaria de um cafetão de puteiro legionário.

Menéndez Pidal deu por esses dias uma conferência na Biblioteca Nacional. Os vermelhos finos que ainda bivaqueiam por Madri montaram o circo para que fosse um ato republicano, mas o velho não deu mais que uma conferência maçante como uma aula. Pidal tem um pouco de múmia viva. Sem dúvida que morto ele há de ficar mais simpático. É pura carne-seca de intelectual, como toda aquela gente da Academia. Usa colarinho duro e nos fita com o olho faltante. É como uma armadura do Cid vestida com terno cruzado de flanela.

Himmler esteve na Espanha e entrou sob pálio na

igreja de Montserrat. Não sei o que Franco achará disso. Sem dúvida, que o pálio é só para ele. Cada dia fica mais claro para mim que a salvação estava na Alemanha, e cada dia fica mais claro, também, que a Alemanha vai perder a guerra. Conto a Juan Aparicio a história das orgias lésbicas no castelo de La Mota, e ele faz cara de que não sabia, o que quer dizer que sabia perfeitamente.

— Você não vai escrever sobre isso.

— Não.

Poucos dias depois, recebo um telefonema da Seção Feminina convocando-me para uma reunião com Pilar. Deduzo do que se trata e deduzo que Aparicio de certo modo me traiu, comentando meu nome a propósito do castelo de La Mota. Mas também pode ser coisa de Perfecta, que deve andar por aí espalhando essa história aos quatro ventos. Na Seção Feminina, naturalmente, sabem que Perfecta está saindo com este jornalista perigoso, com este falangista um tanto selvagem, cujos artigos e reportagens sempre tocam as raias do impublicável. Pilar, no seu gabinete, faz questão de me saudar erguendo o braço, e logo nos sentamos para conversar. A sede da Seção Feminina é um híbrido de seminário e hospital de campanha. Pilar é uma mulher que não se deixa encantar com os vistosos arreios falangistas. Pilar é mínima e solteirona, virgem e mártir da Falange, com um pouco de benemérita de asilo ou freira à paisana. Vê-se nos seus olhos claros e cansados a sombra da traição sob a qual ela vive, a traição ao seu irmão, José Antonio, sua entrega a Franco para fazer uma Falange de simulacro e caridade. Mas nossa mística primeira não era a caridade, e sim o crime.

Pilar é como a tia solteirona que ganhou uma vendinha da família.

— Camarada – sua voz era tênue –, sei que você anda por aí propalando rumores contra a Seção Feminina.

(Achei graça no verbo "propalar", que, por retórico, eu jamais teria utilizado.)

— Eu não propalo coisa alguma. Apenas me contaram coisas que eu contei a Aparicio, meu chefe, e que ele certamente contou a você.

— Na Falange respeitam-se as hierarquias, camarada.

— Eu respeito as hierarquias, mas minha obrigação é manter Aparicio informado de tudo.

— Não me parece que você seja um verdadeiro falangista.

— Sou mais falangista que muitos. Mais do que você imagina, camarada.

— O que está insinuando?

— Nada.

Pilar Primo, com sua aparência de vendeira de boa família, tem o cabelo curto e encaracolado, tingido de um loiro indeciso, desanimado, sem fé no próprio ouro. Nota-se que pretende forjar uma cabeça de efebo, de mulher hitleriana, mas não consegue. De repente me lembrei de quando Giménez Caballero queria casá-la com Hitler, e a duras penas contive a gargalhada.

— Você não pensará em escrever sobre nada disso que contou, não é?

— Sabe que não me deixariam.

— É tudo uma infâmia.

— Eu não disse que não é.

— Um camarada não deve se prestar a difundir essas coisas.

— Eu não difundi nada. Apenas informei meu chefe, pois é para isso que ele me contratou.

— Aproveito que está aqui para lhe dizer que não consigo gostar totalmente das coisas que você escreve.

— Eu também não.

— Você é um cínico. O que estou lhe dizendo é que

escreve muito bem, muito bem mesmo, mas sempre à beira da heterodoxia.

Entravam e saíam secretárias e comandantes, todas entre a varonia e um militarismo feminino um tanto cômico. Compreendi de repente o poder daquela pobre mulher, a falsa grandeza do seu império, compreendi sua missão, imensa e delicada, de devolver as mulheres espanholas, de Las Hurdes a La Chanca, ao conformismo, à domesticidade e ao gaspacho pobre, honrado e picante para seu homem. A mulher acima de tudo é mãe, e Pilar está cuidando da aveia minutíssima de uma nova geração de moços franquistas, de mães rezadoras e resignadas, uma Espanha de luto e mocidade contente com sua sorte. Franco não lhe deu uma vendinha, mas um cargo de muito mistério, em que germinarão as espanholas que, sob o afã da novidade, vão regressando à tribo ibérica, à família tribal, limitada, ignorante, laboriosa e néscia.

— Eu jamais me afasto do pensamento de José Antonio.

— Muito cuidado para não macular o nome de José Antonio.

Falava do irmão como as irmãs de Cristo falariam dele.

— O nome de José Antonio é maculado todos os dias até pelos jornais mais próximos. É com isso que eu queria acabar.

— Também não queremos fanáticos entre nós.

— Seu irmão era um fanático, camarada.

— Não admito.

— E eu sou outro fanático. Só o fanatismo move o mundo.

— A entrevista terminou. Está avisado de que deve esquecer as mentiras que vem propalando sobre o castelo de La Mota.

— Esquecido.
— E eu sei quem te conta essas coisas.
— Portanto a represália será contra ela.
— Entre nós não há represálias.
— Tanto ela como eu só queremos a pureza da Falange.
— Perfecta não é uma camarada modelo.
— Foi você que pronunciou esse nome, Pilar, não eu.

Tudo cheirava a clorofórmio, como nos hospitais, e a excesso de mulheres, como nos puteiros. A vendeira insignificante tinha um poder e uma influência enormes sobre a sociedade espanhola. Não eram apenas os Coros e Danças. Ela estava forjando mães e filhos à imagem e semelhança do Caudilho. Juntos, esses dois seres assexuados iam parir uma geração de franquistas submissos, de tarefeiros inocentes e resignados, de lavadeiras castas e multíparas. Compreendi que Franco, através dessa mulher (também através dessa mulher), pretendia perpetuar a Espanha medieval, artesã, rezadora, pecuária. Nada de revolução josé-antoniana. Pilar e eu nos despedimos com o braço erguido.

A Igreja proíbe as danças modernas. Anunciam Josita Hernán. Goering, Ciano, Hitler e Mussolini empastelam os jornais, mas algo sombrio está acontecendo. Ana María Custodio triunfa.

Os flechas, copiando os *balillas* de Mussolini, desfilam por Madri. São rapazes que logo terão um cargo na Alcalá, 44, e esquecerão as palavras belas e alvissareiras de José Antonio, que agora lhes ensinam. No Chicote vejo Alfredo Mayo. Doutrina e estilo é o lema josé-antoniano para as novas juventudes. E a revolução e o sangue? Sánchez Mazas, Serrano Suñer e Franco continuam dando forma ao Vale dos Caídos. Passa a Guarda Moura. O Atlético Aviación ganha a Liga. É uma remodelação política e militar do popular Atlético de Madrid. Yagüe desfila de quepe legionário. Teve atritos com Franco. Eu me apaixono por Lina Yegros. Cinquenta mil crianças da Assistência Social recebem a primeira comunhão pelas intenções do papa. Mas quais são as intenções do papa?

Luis Companys, o separatista, é fuzilado nos fossos do castelo de Montjuïc. Himmler nas touradas. Consigo a primeira comunhão de Juana, entre essas 50 mil crianças que dedicaram às intenções do papa. Juana está bonita e breve, pálida e urgente, há algo de nupcial na sua pessoinha, uma graça matrimonial e inocente que me comove e me enamora. A igreja é toda ela como o interior de um imenso harmônio onde padres cantam, meninos e meninas rezam, estabelece-se uma mitologia de incenso e luz nos vitrais, as velhas choram e o latim vai deixando lápides verbais na memória. Perfecta e eu assistimos juntos à primeira comunhão de Juana, como se fôssemos seus pais, mas o que eu sinto dentro de mim, que coisa mais tola, é como se me estivesse casando com Juana, noiva minutíssima.

Depois do ato religioso, que me estragou e sujou por dentro (Juana se perdia na multidão de diminutas Juanas, 20 ou 30 mil Juanas multiplicando minha menina), Perfecta e eu recuperamos a criança e a passeamos com suas galas pelo parque de El Retiro, entre patos e militares. Penso se devo comentar com Perfecta minha entrevista com Pilar Primo, mas imagino que já deve estar sabendo. Ela que fale primeiro, mas não fala. Tive Juana nos meus braços, nupcial e em êxtase, e isso me deu uma violenta ereção e uma luminosa angina no peito.

É domingo na Espanha, é festa na Espanha, é feriado na Espanha. Juana caminha à nossa frente, com diadema de mártir, luvas brancas e folgadas e o terço de prata da mãe de Perfecta. Ela inteira é pressa e organdi. María Micaela tem uma foda alegre e louca. María Micaela é uma senhorita recém-chegada de Ávila ao Chicote. María Micaela é bonita como uma boneca puta, é vintona e provinciana, tem um corpo de desenho pornográfico e uma alegria de plumas e espanadores, de cores e champanhe barato, uma alegria que imagino que logo Madri escurecerá com suas más fumaças, seus maus humores e seus maus homens. Uma alegria como a de María Micaela hoje só vinga no interior. Madri é uma cidade sombria, toda abrumada, toldada pelo pálio de Franco.

María Micaela parece convencida de que a prostituição é a glória, a fama, o dinheiro e o riso.

— Você que é um cliente um pouco chato, Mariano.

— Você que é uma provinciana ingênua. Abra o olho, senão Madri acaba com você.

— Que belo companheiro de farra eu arrumei.

E ela tira e põe as ligas. A derrota de Hitler é uma coisa que paira no ar, uma nebulosidade variável nos jornais, o que se sente chegar, o crescente empastelamento das fotos de guerra (a gente já sabe ver essas coisas do ofício), o mau humor ou a alegria excessiva dos camaradas do *Arriba* e da Alcalá, 44. Não sei. Preciso visitar Víctor de la Serna para levantar meu moral. É o único que continua fazendo um jornal combativo e ganhador. Ridruejo não. Nem penso em visitar Ridruejo, pois já sei que ele se alegra com tudo isso, sonhando com uma Europa democrata-cristã. Eis um homem que para mim é cada dia menos político. Por que não se dedica de uma vez à poesia lírica? A questão é que eu também não gosto dos seus versos. O mouro que matou a velha continua rondando minha casa, quer dizer, a casa da pobre María Prisca, e quanta falta você me faz agora, María Prisca.

Esse homem sabe que só eu posso provar seu crime. Sabe que o salvei para condenar outro. Esse mouro de merda sabe tudo e um dia vai subir para me matar. Nem sequer me lembro do seu nome. Tampouco me incomoda muito que o mouro suba para me matar com sua navalha moura e curva de cortar calos dos pés.

Dezessete

Ramón Serrano Suñer, ministro do Exterior. O exterior, para nós, é a Alemanha e a Itália. Serrano se dava bem com Hitler e com Mussolini (talvez mais com Mussolini, por causa dessa coisa da mediterraneidade, uma teoria secreta com a qual ele quer compensar o "excesso de vitória" de Hitler e o paganismo germânico). Ramón é um fascista em profundidade, talvez um pouco lastrado por suas origens gil-roblistas e seu catolicismo. Franco o pôs no Exterior para não lhe entregar a Secretaria-Geral do Movimento, quer dizer, para tirar a Falange de um falangista de primeira hora e entregá-la a Arrese, que é um oportunista com mentalidade de governador civil. Do que se trata aqui é de desacreditar o josé-antonismo. María Micaela tem os olhos abertos, duros e ingênuos, fitando com atenção distraída e morta a vida que tinha pela frente. Fecho os olhos dela, nua e morta na minha cama, e comprovo no seu pescoço o corte curvo que a matou. É como uma mecha de sangue. A navalha curva do mouro. Está recém-morta e provavelmente recém-comida, pela posição. O mouro, claro, tinha vindo por mim. Exército, general Varela. Varela foi um dândi monárquico que conspirou contra Franco, mas Franco o ganhou e agora o tem como ministro, próximo e seguro. O ministro do Ar me faz sorrir. Era o homem de

María Prisca e voltou ao poder quando ela já não podia usufruir e quando o que tenho na sua cama é uma puta assassinada por um mouro. María Micaela está bonita como morta, com o nariz gracioso, a boca entreaberta, os seios ingênuos na sua obscenidade, o ventre como um doce e delicado artesanato, a boceta revolta e as coxas belas e profanadas. Pelas paredes há escritos em árabe que não entendo, mas adivinho: o mouro promete voltar por mim.

Educação: José Ibáñez Martín, um funcionário católico que vai parar o ensino em Menéndez Pelayo, quando muito, na Espanha monárquica e no passado fundamentalista, ignorando tudo o que seja revolução, a começar pela revolução falangista, que é a verdadeira e, de resto, a única e possível na Espanha. Obras Públicas, Peña Boeuf. Este eu já entrevistei no seu apartamento na Gran Vía. É um técnico medíocre, triste, vulgar, um homem que fará, ou melhor, deixará de fazer tudo o que o Caudilho disser que é para depois. Agricultura, Miguel Primo de Rivera. O Caudilho continua adulando a família, enquanto apaga a imagem de José Antonio e, sobretudo, sua herança. Minha visita a Pilar me mostrou como esses Primo de Rivera se julgam, ou fingem julgar-se, o falangismo franquista, já uma farsa que o Caudilho dirige com displicência. Vontade de comer a morta, como já fiz com aquela no necrotério, esquecendo que uma hora antes, ou menos, deve ter sido comida pelo mouro. Gostei muito de María Micaela desde a primeira noite, no Chicote, porque era uma puta alegre e quase nem era uma puta, mas uma provinciana louca que acreditou na mentira de Madri. Minha ejaculação no interior da morta é gratificante, profunda, submarina, tranquila e malcheirosa.

Trabalho: José Antonio Girón de Velasco. Girón, o valentão de Valladolid, o herói do Alto del León, o beberrão do Chicote, o putanheiro impulsivo, dessa segunda geração falangista que já confundiu a bravura de José Antonio com a valentice. Eles são violentos e ágrafos. Não têm nada a ver com o Chefe. Mas é justamente disto que Franco precisava: de um falangista violento e demagógico, rupturista e falso, a imitação provinciana de Amadis de Gaula. Girón pode convencer as massas de que a justiça social se aproxima com seus "luzeiros verdes", esses que ele sempre mete nos discursos, e pode convencer os falangistas de que o vigor josé-antoniano não se dissipou (os falangistas dispostos a se deixarem convencer, claro). Estou deitado ao lado do cadáver nu e fodido de María Micaela, com um uísque numa mão e a pistola na outra. María Micaela cheira a carne-seca de mulher, a presunto pata negra, mas bichado, e viro a cabeça para respirar seu cabelo, que agora é como o cabelo seco de uma boneca, e cheira a serragem, à serragem da embalagem, como se a boneca acabasse de ser desembrulhada. E assim é. Todos a desembrulhamos na morte. María Micaela tem nos sovacos o suor da morte e na ferida do pescoço a doçura do sangue. Dou-lhe um beijo na ferida e depois meu uísque tem sabor de sangue e de boceta.

Justiça: Esteban Bilbao Eguía. É um retórico do antigo regime que vai revestir de palavras a mentira dessas Cortes desnecessárias e falsas. Esteban Bilbao, com cabeça de tabelião mundano, com verve e ar senatorial, vai decorar com um toque canovista[38] a Justiça de Franco e o Parlamento que quer ser inutilmente civil, sem se decidir pela militarização da política, que é o que teria feito José Antonio. Mas Franco, com o rabo do olho, presta

---

38 Referência ao "canovismo", corrente política conservadora e monárquica oriunda do sistema implementado por Antonio Cánovas del Castillo a partir da Constituição de 1876, vigente até 1931.

atenção às democracias europeias, que talvez acabem mesmo ganhando a guerra e fodendo com todos nós. Se Hitler cair, Franco não vai engambelar os aliados com esse supérfluo títere de uma juridicidade inexistente. A juridicidade de José Antonio era a força, mas Franco quer jogar com muitos baralhos ao mesmo tempo.

E nós, falangistas, não passamos de um curinga. María Micaela veio a Madri para abortar e aqui ficou. Em Madri ela estava deslocada, mas não queria ir embora, e um camarada da turma do Girón falou com Pedro Chicote para que a admitisse fixa na casa. María Micaela logo fez carreira, porque tinha uma graça de senhorita de aldeia que se revelou puta e que lê muitas revistas de moda.

Eu já a mantinha meio retirada aqui em casa, porque gostava muito dela, mas sua carreira foi curta e estúpida. O mouro veio por mim e a matou para não sair de mãos abanando, e aproveitando a comeu e roubou umas coisas dos meus armários.

Agora estou deitado ao lado da morta, respirando seu odor de matadouro e colônia Hechizo de Sevilla e lendo nas paredes as mensagens em árabe que o mouro deixou. Esses desenhos que não entendo, toscos, como de um semianalfabeto na sua língua, estão aí para anunciar minha morte iminente. O mouro e eu estamos um em poder do outro. Ele sabe que sou o único que pode pegá-lo pelo assassinato da velha. E de certo modo entendeu, na sua cabeça pequena e selvagem, que o detesto visceralmente, que se não o pego é porque preferi denunciar outro pelo seu crime. Mas não se sente seguro comigo vivo e não terá sossego enquanto não me matar. Aposto que, se eu espiar agora pela janela, ele está lá embaixo, sentado na esquina, olhando seus anéis de lata nas mãos. Quando lhe pedem documentos, ele tira sua credencial de guarda de Franco, e o deixam em paz. Por outro lado, o guarda que o ministro plantara aí no portão para María Prisca já deve ter deixado o serviço definitivamente. Não me importo em matar o mouro ou que ele me mate. O que me dói é que ele tenha sido tão estupidamente cruel com essa pobre provinciana, esta louça bela, reluzente e fresca vinda de uma aldeia de Ávila.

Se Hitler perder a guerra, só restará o suicídio, ao menos para mim. Não seria má ideia que o mouro me suicidasse. Se eu conseguir fazer direito, como no cinema, morremos os dois.

Secretaria-Geral do Movimento: José Luis de Arrese. Iam fazer a revolução, e agora todos enfiam esse "de" aristocratizante no nome. José Antonio era marquês e nunca usou o título. Arrese é um falso falangista plantado por Franco. Franco pôs nas mãos desse camaleão piegas nada menos que a Falange. É uma maneira não apenas de controlá-la, mas também de destruí-la. Todo mundo elogia a entrada no governo do jovem falangista de 29 anos José Antonio Girón de Velasco. Eis aí outro "de". Assim acabaremos montando um gabinete de marqueses e Bourbons.

Faz-se dia na rua, ou noite, não sei. Latem cães longínquos, uivando sua fome. Neste bairro ouvem-se menos descargas de fuzilamentos. Madri é a ruína de Madri ilustrada pela presença da Guarda Moura, o jugo e as flechas da Alcalá, o papagaio do *Arriba* e as putas da Gran Vía.

Os fuzilados em algum terreno baldio só se refletem na pupila vazada de um gato morto. Às vezes, os pelotões, depois de terminar seu trabalho, se dedicam a matar gatos a tiros, pois para matar e coçar é só começar. Sigo firme no uísque, estou tranquilo e triste, não sei o que fazer com a morta, as mensagens árabes e assassinas do mouro até enfeitam as paredes, decoram, ficam bem. Percebo que dei um cochilo e acordo assustado. María

Micaela já está fria. Agora cheira a flores de cemitério e a menina mijada.

Muñoz Grandes, da Rússia, envia uma arenga aos espanhóis, cheia de heroísmo, impulso, força e desespero. Não se entende muito bem por que nem para que ele faz isso, mas, lendo nas entrelinhas, percebe-se o fracasso, não só da Divisão Azul, mas também de todo o Exército alemão na campanha russa. Essa freada na marcha de Hitler obriga a concentrar forças contra o General Inverno, abandonando outras frentes. Hoje é subversivo dizer em Madri que a guerra está perdida, mas eu já a considero assim e não vejo outra saída senão o suicídio ou me deixar matar pelo mouro.

Em 9 de novembro de 1942, *La Hoja del Lunes* anuncia que numerosos contingentes americanos e britânicos desembarcaram na costa atlântica e mediterrânea do Marrocos francês e da Argélia. Os governos de Washington e Londres declaram em notas oficiosas os motivos desse desembarque. Argel e Orã são os principais objetivos das forças expedicionárias americanas. A Espanha tem garantia escrita de que os invasores nos respeitarão. Franco voltou a acertar com a neutralidade, mas logo veremos a que preço. O Führer pronuncia um importante discurso sobre os últimos eventos e a posição alemã: "Continuaremos a assestar os golpes que quisermos, e até agora sempre chegamos a tempo. De tudo eu tomo nota, e os do outro lado hão de ver que o espírito criativo alemão não tem permanecido inativo". Embora Hitler anuncie sua arma secreta nesse discurso, também chega de Munique a palpitação inconfundível do pânico.

Vou escrever uma crônica sobre as Cortes, e a indumentária oriental e solene dos representantes africanos me permite fazer um pouco de literatura.

Neste diário ou memórias, já tomo notas rápidas, urgentes, lacônicas. De repente me dou conta disso. Estamos todos começando a perder a serenidade, a segurança. A guerra pode ser perdida, sabemos disso pela primeira vez, e já não há calma para nada.
 Só. Estou só. Sempre estive só. Conheço muita gente em Madri, mas creio que estas sejam as memórias de um homem solitário. Não pude nem quis me integrar profundamente à farsa falangista. Há pequenos grupos josé-antonianos que são meu único mundo, mas estes só especulam e não agem. Os falangistas já deviam ter passado à ação direta (foi assim que começamos ou começaram), e não nos contentarmos com essa romaria do 20 de novembro, quando todos se embriagam a caminho do Escorial e o que fazemos, na realidade, é enterrar mais José Antonio. Tampouco senti jamais a tentação de frequentar os poetas vermelhos (os amigos da pobre María Prisca). O comunismo me causa uma repulsa violenta, visceral e palpitante. Stálin é um sargentaço, e José Antonio era um poeta. Um poeta de pistola na mão. Não há coisa maior nem mais linda que um poeta de pistola na mão. Já dizia André Breton, o poeta surrealista, que o ato mais lúcido que se pode levar a cabo é descer para a rua com um revólver e disparar indiscriminadamente contra a multidão. Eu, que não sou nada surrealista, faria isso de bom grado.
 Que felicidade, que plenitude, atirar contra a grisalha humana de Madri, contra a felicidade medíocre e dominical dos madrilenhos, ver como da grande massa cinza

vai se derramando o sangue, um sangue abundante, marés de sangue que cheguem a avermelhar e escurecer o céu, a cidade, a hora da cerveja e a hora da missa, o sangue entrando alegre nas igrejas e nos bares, como outrora o fogo, para purificar o ano, o dia, a vida ovina e assustada das gentes, o sorriso hipócrita das famílias, que voltaram a se instalar no seu paraíso pequeno-burguês com rádio e braseiro, e que esquecem a guerra hora após hora, como se a tivéssemos feito para nada, como se tivesse sido apenas um ano de má colheita. Juan Aparicio. Mais do que um amigo, tenho um protetor que se chama Juan Aparicio.

Juan Aparicio me contratou como espião, e por sua vez me espiava. A esta altura penso que ele já está convencido de que sou um tipo estranho, talvez não perigoso, mas tampouco digno de toda confiança, e por isso ele prefere me manter por perto. Juan Aparicio, desde que Franco o deixe bancar um pouco o Napoleão ou o Mussolini, conforme o dia, está disposto a nos fazer crer (e a crer ele próprio) que a revolução falangista segue em frente.

María Prisca me amou um pouco. Foi um pouco mãe. Escolanía estava apaixonada como uma romântica. María Micaela já está enterrada. Perfecta não é mais que uma mulher para a cama. Quanto à menina Juana, pressinto que qualquer dia descobrirá a verdade e nunca mais vai querer me ver. Só, estou só, volto a ficar só, tão só como deve estar agora Hitler no seu gabinete ou no seu bunker. Nós, que quisemos mudar o mundo de verdade, acabamos abandonados por todos, desde o grande Führer até mim, que não sou ninguém. As pessoas na realidade não querem mudar o mundo, mas só mudar um pouco de postura. Aqui, a casa moderna e velha da pobre María Prisca, esta casa onde tanto a odiei e a amei um pouco, pobre velha, cheira outra vez aos remédios que ela tomava, ao fundo perfumado dos seus armários, ao luxo cansado, à beleza usada que a rodeou. Mal escrevo, salvo estas notas soltas no meu caderno.

Diante da esmagadora superioridade dos russos, sucumbe em Stalingrado o heroico Sexto Exército do marechal Paulus. O futuro Arco do Triunfo, na Cidade Universitária de Madri, terá um texto em latim de Pedro Laín Entralgo. Os aliados se reúnem em Casablanca. A filha de Franco é apresentada à sociedade. Os aliados desembarcaram na costa da Normandia. Escrevo um editorial sem assinatura, com raiva secreta e violência verbal, exaltando a figura de Hitler e ignorando as derrotas. Aparicio o distribui a vários jornais das províncias. É um desabafo pessoal, mas começo a achar que Hitler calculou mal suas forças e as do inimigo. Passo o dia em casa. Falo por telefone com Aparicio, bebo uísque e escrevo um pouco.

Dezoito

Berlim bombardeada. As fotografias que estampamos nos jornais têm mais força que qualquer discurso ou comunicado. Perdemos a guerra, ainda que a guerra continue. A vitória de Hitler talvez tivesse resultado na queda de Franco (Hitler não gosta nem um pouco dele) e na volta do verdadeiro fascismo espanhol. Mas as democracias vão ganhar, e Franco já se prepara para negociar com elas. José Antonio passou pela terra como um anjo carnal e nem sequer deixará rastro, ou, o que é pior, deixará o rastro sujo e falso de tipos como Girón e Arrese.

Hitler morreu ontem no seu posto de comando da chancelaria do Reich. Doenitz seguirá a luta. Doenitz não é mais que o homem que vai negociar a derrota. Olho pela janela, e o mouro continua sentado na esquina, limpando as unhas pretas com sua navalha curva. O grande sonho da nossa vida acabou. O Oriente sujo, da Rússia a esse mouro da esquina, espreita e espera. A Europa loira e nova teve seu momento na História, com o resplendor da sua própria fugacidade. Orientais, judeus e mouros voltarão a enegrecer o mundo, atacando pelas costas as estúpidas e confortáveis democracias. Esse é o futuro. Eu me olho de corpo inteiro no grande espelho em que María Prisca se olhava nua. Sou loiro, sou castelhano ariano, já não há lugar para mim no mundo. Com um pontapé, quebro o espelho.

Hitler. Quando as democracias europeias eram um jardim pisoteado de luxúria e *spleen*, quando o parlamentarismo era um clube de banqueiros retóricos, quando os operários comiam todos os dias a negra ração da miséria, Hitler se levanta do coração profundo e bárbaro da Alemanha, Hitler põe ao seu serviço os banqueiros, os industriais e os advogados, fascina as massas como um homem-chicote e tem o projeto e a visão, não só de uma Alemanha novamente grande, mas também de uma Europa loira, militar e mitológica, que dominará o mundo.

Hitler. Quando a Rússia vem — o Oriente de alma oblíqua — apoderar-se da Europa virgem e nova, forte e clara, Hitler faz pactos, projetos, discursos. Hitler aperta a mão dos inimigos enquanto com a outra mão forja navios, canhões, aviões, armas e homens que imporão ao mundo a graça da sua força, a força da sua graça, o poder de uma ideia clara e até de uma ideia fixa, que são as únicas que se realizam.

Hitler. Não a salvação pela classe social (uma filosofia de escravos como a cristã), nem a salvação capitalista pelo dinheiro (uma filosofia de agiotas que os pobres não entendem), mas a salvação pela raça. Aqui está a genialidade de Hitler. Não apenas os sistemas estão doentes, mas a humanidade está doente de judeus, ciganos, comunistas, capitalistas, falsos apóstolos de cartola e falsos apóstolos de gorro russo. A humanidade está doente de séculos, viciosa de impérios, suja de religiões, louca de ideais e abstrações. A humanidade é uma velha que veraneia na Costa Azul, amortalhada de suas joias, e Hitler quer rejuvenescer a humanidade, salvar uma raça bárbara que não pecou, difundir com sangue a pureza alegre e violenta dos povos não romanizados, ou que se impuseram a Roma.

Hitler. Fora com os doentes, os velhos, os judeus, os fracos, os pobres, os intelectuais e outros pervertidos de álcool ou sexo. Acima da caridade está a História, e Hitler vinha salvar, renovar, recomeçar a História. Os doentes de raça, sangue, corpo, alma ou sobrenome não são mais que uma consequência da doença geral e bíblica que a humanidade vem sofrendo há séculos. É isso o que ninguém quis entender, e Franco menos que ninguém: que Hitler era um novo Messias, um messias pragmático e poderoso que faria a cirurgia de ferro sobre o corpo imenso e culpado da humanidade.

Nietzsche? O pobre filósofo míope não passava de um romântico ou um parnasiano. Nunca iria além das palavras. Por mais que Hitler tenha lido Nietzsche alguma vez, sempre deve ter achado que ele era insuficiente, contraditório (sentia prazer em ser assim), utópico. O criador de mundos e realidades vive daquilo que faz a cada instante, não das divagações de um misantropo inspirado. Nietzsche que vá à merda.

Marinetti: "A guerra, única higiene do mundo". O mundo está doente de uísque escocês e cuscuz judeu. A guerra salva os povos da sua miséria moral ou material, mas sobretudo os eleva, salva-os da sua miséria histórica, do seu cansaço latino ou mouro, da sua preguiça moral. Hitler trazia a saúde marinettiana para a humanidade e para o século, mas os hospitalizados se uniram para derrotá-lo. Preferem continuar nas suas casas de loucos e suas casas de putas. Não posso suportar o mundo que se anuncia, que é o de sempre. Escrevo por rajadas e ripadas neste diário, nestas memórias, neste caderno, neste livro. A morte de Hitler me deixou órfão.

A Espanha expressa sua profunda e sincera alegria nesta hora transcendental da paz. Todos os edifícios públicos içarão a bandeira nacional durante três dias. De modo que Franco, sem nenhum rubor, soma-se e soma-nos ao júbilo das democracias triunfantes, e agora vende sua neutralidade aos aliados, quando todos sabemos que era uma neutralidade pactuada, uma neutralidade favorável a Hitler.

Franco acertou como bom galego ao não se engajar na grande guerra de Hitler, mas caiu como homem no esgoto da traição, da covardia, do medo e da entrega. Nunca foi um fascista convicto, mas as formas do seu Estado, sim, o foram, e isso, mesmo que a ele pouco importe, é algo que as democracias triunfantes vão levar muito em conta. Franco parece disposto a torcer o pescoço do falangismo para ganhar a simpatia e a esmola dos vencedores. Hoje somos o ridículo do mundo. A grandeza de um sistema totalitário está em persistir até a morte, como fizeram os alemães. O totalitarismo só é respeitável se aguentar para além da morte. O totalitarismo de Franco, com esta entrega, reduz-se a mero personalismo. O que ele quer é perdurar, vestindo o uniforme que o mandarem vestir. Hitler era a perduração como salvação da História. Franco é a duração pela duração, sem ideia alguma ao fundo. Essa é toda a diferença. Como seguir ao lado de um homem assim?

Os aliados podem fazer duas coisas: usar Franco, sem tocá-lo demais, ou impor uma democracia na Espanha. Não sei realmente o que vão fazer. Em todo caso, Franco é um aliado confuso, perigoso, pois, assim como traiu Hitler, pode trair Roosevelt.

O nazismo/fascismo era um projeto arriscado de vitória em comum, que José Antonio fez seu em profundidade, com conhecimento e perigo. Os totalitarismos, desde Roma, são grandiosos e profundos, criativos e suicidas. Nada tão fascinante na História como um totalitarismo — Esparta — que, nas palavras de Ortega, seja o esforço rendendo culto ao esforço. A mística da vontade e o projeto histórico de redimir a humanidade. A humanidade não é uma coisa intocável, mas um cancro no pênis da natureza. É coisa a decepar ou limpar a fundo. A democracia não passa da compensação medíocre de virtudes e defeitos, é esse ir levando com os males de um, as doenças de outro e a indiferença de todos, que chamam liberalismo.

O totalitarismo é a redenção pelo crime, e não aquela humilhante redenção pela caridade trazida por Cristo.

Sucedem-se os mandatos de Franco. Já dá na mesma. Não são falangistas, nem monárquicos, nem militares, nem sequer franquistas, embora sejam um pouco de tudo isso. São apenas um amálgama com que o Caudilho tenta pintar cinza sobre cinza, algo que não incomode as democracias, porque nem sequer o entendem. Governos descoloridos que não alarmam ninguém e, por outro lado, permitem a Franco seguir no comando.

Mas resta no mundo o totalitarismo soviético, que odeio em princípio por orientaloide, e por tantas outras coisas. Pressinto que esse novo totalitarismo logo entrará em guerra com as combalidas democracias de *spleen* e parlamentarismo literário. Os ocidentais ainda não se deram conta de que o projeto de Hitler era criativo, construtor, depurativo, enquanto o de Stálin é destrutivo, igualitário, um império do anonimato. Stálin sacrifica o indivíduo em nome da massa. Stálin sacrifica a massa em nome do Estado. Stálin sacrifica o Estado em seu próprio nome. Hitler e o fascismo potencializavam em cada homem anônimo o herói que leva dentro, o capitão e o suicida que nele dormem. A grandeza do fascismo é ter conjugado o poder da multidão com a glorificação do indivíduo. O fascismo não era feito de massas anônimas, mas de multidões de semideuses, cada qual com sua tocha, com sua luz, com seu poder único de matar e criar.

Juana nua, quando algumas vezes a trago em casa, depois dos longos passeios por Madri, com balões, pássaros, quermesses e cisnes, Juana tomando banho no banheiro de Prisca, mármores e torneiras de ouro, e eu espiando, observando por portas, cantos, frestas, amando mais uma vez seu corpo nu, púbere, muito esbelto e pálido.

Recordo quando a via naquele chalé de El Viso, ainda uma menina entre as meninas, eu em sombras entre os grandes hierarcas do momento. Continua sendo uma menina, mas a natureza, que é artista, faz um esforço por reunir, tirando de tanta escassez, uma curva de peito no peito, uma curva de glúteo nos glúteos, uma curva de coxa longa e insegura, já quase adulta.

Sua boceta, mal velada em loiro, é um delicioso cofrinho de carne. Eu a amo nos espelhos embaçados do banheiro, onde tanto habitou o corpo decadente, grandioso e doente de María Prisca. A vida rebrota sempre de si mesma, e o nu ingênuo e perverso de Juana se apodera do reino suntuoso dos sabonetes perfumados, dos xampus como um mar bem ensinado, das lavandas como corças do perfume, aproximando-se por entre os bosques de vapor para cheirar o sexo puro da menina.

Você me levava naquela casa horrível, quando eu era pequena, para uns velhos safados olharem a minha bunda, você dava um dinheiro para o meu pai e o enganava, para vender o nu da sua filha, papai procurou por você em toda a Madri para te matar, você o denunciou e agora ele está enterrado e é tão horrível você vir chorar comigo e deixar flores para ele, se é que aquele é o túmulo do meu pai, você cuida de mim e me enche de mimos na esperança de qualquer dia me comer, você fez minha mãe desaparecer na Galícia para me ter só para você (Perfecta pensa que a denunciei a Pilar por causa do castelo de La Mota, Perfecta percebeu o que eu sinto por Juana, está com ciúme, rebaixada à Seção Feminina, e sua vingança é contar tudo para Juana, pobre menina, para que ela me repudie), você é um depravado e um assassino que denunciou meu pai por um crime que ele não cometeu, mas agora o verdadeiro criminoso, esse mouro que está sempre na porta da tua casa, vai te rasgar com essa navalha que ele sempre tem na mão, que ele usa para limpar as unhas. (Juana, quando fui procurá-la, como em tantos outros domingos, desta vez me recebeu no refeitório da Seção Feminina, detalhe alarmante, de guarda-pó e sem se arrumar; no seu rosto belo e agudo, de olhos verdes e olheiras fundas, há como que um esforço da infância por ser adulta, uma maturação repentina que só dá lugar ao ódio; assim a encontro atrozmente mulher, sua fina boca que morrerei sem beijar, seus grandes dentes, desenham ódio e desespero, seus finos lábios formam, deformam e voltam a ensaiar o anagrama da vingança, a impotência e o ódio. Dá meia-volta e corre por um corredor.) Não quero te ver nunca mais, é a última coisa que eu digo. Tomara que o mouro te mate.

Tomara que o mouro te mate. Estou deitado no generoso leito de María Prisca, onde tantas coisas aconteceram. Madri soa como um Renascimento. O desgraçado do Franco vai conseguir que, depois da guerra mundial, a Espanha volte à vida.

Estou deitado e sozinho, tudo flui, com o uísque e a pistola sobre a mesinha. O mouro está aí embaixo, como todos os dias. Ou ele me mata ou eu o mato. Ou ele me mata ou eu me mato. Sou o órfão de José Antonio, de Hitler, da Falange, o órfão de María Prisca, mãe madrasta, e o órfão dessa filha adorável, Juana, que me deu a vida e que nunca mais verei. Há muitos falangistas como eu, rebeldes e frustrados, mas acabarão se acostumando. Eu não quero me acostumar. Não quero que a frustração, em mim, seja um costume. Esta casa, onde tantas coisas se passaram e passaram tantas mulheres, cheira renovadamente ao perfume morto e caríssimo de María Prisca, aos dias de esperança e ministro. Acho que o mouro vai subir para me matar esta noite, não sei. É um medo e um alívio saber disso, intuí-lo. Acabo a garrafa de uísque e começo outra. Os desgraçados dos ingleses, apesar de ganhar a guerra, continuam mandando um uísque realmente bom.

Posfácio
BÉNÉDICTE DE BURON-BRUN

> *Aqui jaz metade da Espanha,*
> *morta pela outra metade.*
> – Mariano José de Larra

A compreensão de uma obra literária é proporcional ao grau de sensibilidade e de intelectualidade de cada leitor, isto é, à sua permeabilidade à estética e à ética. Ambos os conceitos são indissociáveis da vida/escrita de Francisco Umbral e, em *Madri 1940*, são mais relevantes ainda, pois o livro evoca o confronto entre dois ideais, falangismo e franquismo, ética e esteticamente distintos, tal como se presta a experimentar o jovem protagonista Mariano Armijo, seguidor do fundador da Falange, José Antonio Primo de Rivera.

Se, por um lado, a prosa umbraliana mereceu os maiores elogios da crítica independentemente do matiz político, por outro, provocou fortes reações devido às temáticas que aborda. Tachado de frívolo pelos seus escritos dedicados às vedetes, às figuras folclóricas e ao então chamado *jet-set*; de pornógrafo por causa dos seus diários eróticos; de "vermelho" por uns e de "*facha*" por outros, por causa das suas memórias políticas, Umbral é alvo de uma sociedade marcada por duas correntes ideológicas opostas que se atracaram numa guerra fratricida cujas feridas continuam a supurar rancor e ódio. A tal ponto que, hoje em dia, falar de política ou religião – vestígios do nacional-catolicismo defendido com unhas e dentes durante quarenta anos de "Caudilho pela Graça de Deus"! – é a melhor maneira de ganhar inimigos quando, por azar, o interlocutor tem opiniões diferentes. O advento da democracia não aplacou o furor das duas Espanhas, uma das quais, irremediavelmente, continua a gelar o coração da outra, como na bela expressão machadiana.[1]

Madri 1940 é de uma atualidade espantosa. Num país que se diz democrático e, portanto, deveria ser *plurivocal*, mas que persiste numa intransigência dicotômica: ou comigo, ou contra mim. Ao publicar o romance, em 1993, Umbral, como bom conhecedor do mundo jornalístico – quarenta anos na profissão –, cujo livro *Leyenda del César Visionario* (Prêmio da Crítica 1991) já fizera correr muita tinta, assim como sua "passagem" do jornal *El País*, onde trabalhara desde sua fundação, em 1976, para *El Mundo*, antecipa-se aos comentários ácidos e acérrimos dos colegas com uma advertência magistralmente intitulada "Átrio".

De fato, a grande força da obra literária umbraliana reside na palavra. A escolha de cada palavra, quando não sua cunhagem, nunca é fruto do acaso, e sim de uma vontade deliberada do escritor. Ao poder do significante soma-se o do significado, muitas vezes polissêmico e sempre remissor de alusões, conotações e denotações

---

[1] Refere-se aos versos finais do poema de Antonio Machado "Españolito" (1912): "*Ya hay un español que quiere/ vivir y a vivir empieza,/ entre una España que muere/ y otra España que bosteza./ Españolito que vienes/ al mundo te guarde Dios./ Una de las dos Españas/ ha de helarte el corazón*" [Já há um espanhol que quer/ viver e a viver começa,/ Entre uma Espanha que morre/ e outra Espanha que boceja./ Espanholzinho que vens/ ao mundo, que Deus te guarde./ Uma das duas Espanhas/ há de gelar-te o coração].
[NOTA DO TRADUTOR]

múltiplas, nos mais variados campos artísticos. Logo de saída, chama atenção a preferência do autor pelo vocábulo "átrio", em vez do tradicional "prólogo". Além da sua inegável musicalidade, seu sentido etimológico nos introduz em cheio na temática do romance, evocando o lema franquista "Pelo Império até Deus" e sua identificação com a cultura romana. E Roma remete a um segundo nível de leitura, que nos revela o propósito do autor. Com efeito, na capital do Império havia o Átrio da Liberdade, perto do Fórum Romano. Ali se reuniam os censores e ali se guardavam as atas do seu tribunal. Assim, Umbral passa de censurado a censor, ou seja, a examinar e revisar a história oficial daqueles anos ditos de "Paz" e "Vitória"; anos estagnados na memória coletiva até meio século depois, como já apontei. Este "Átrio" – que, de fato, aparece pela primeira vez na obra umbraliana em 1991 – cristaliza a luta pela liberdade de expressão que foi o eixo intangível ao longo da vida do escritor.

Uma liberdade de expressão que foi negada a toda a geração de Umbral durante quarenta intermináveis anos de franquismo e que, por defendê-la, ele foi perseguido e agredido mais de uma vez pelos guerrilheiros do Cristo Rei. Depois de passar meia vida desafiando a (auto)censura, acabou sendo chamado de "traidor" por críticos que opinam e condenam sem saber (o diálogo fictício entre o protagonista, Mariano Armijo, e Dionisio Ridruejo pode dar a esses críticos uma pista sobre o caso *El País*: "— Porque você saiu./ — Ou porque me enxotaram. O que dá na mesma."), que não admitem a possibilidade de alguém apreciar insignes intelectuais do campo ideológico oposto (Rafael Sánchez Mazas, César González-Ruano, Camilo José Cela, o próprio Ridruejo...), que não sabem ler direito por tomar tudo ao pé da letra, amalgamando autor e protagonista, realidade e ficção, História e literatura. Esses críticos se dão ao direito de ler — às vezes de viés — e julgar um romance sem situá-lo no seu contexto, ignorando a simples — e não tão cristalina — retórica irônica, a tábua de salvação de todo um celeiro de futuros grandes escritores, o próprio Umbral, mas também Manuel Vicent, Manuel Vázquez Montalbán, Juan Marsé...

Em 1972, quando da publicação de *Memorias de un niño de derechas*, José María Ruiz-Gallardón, na sua resenha para o jornal *ABC*, apontou a ilusão do título: "Umbral intitulou seu livro *Memorias de un niño de derechas*, mas ele não me engana: Umbral é um menino de esquerda". Vinte anos depois, o autor se viu obrigado a alertar o leitor, repisando a advertência de que seu romance não é autobiográfico. O fato é que, conforme o cânone acadêmico, os pesquisadores o enquadraram na "escrita do eu", o que não passa de um truísmo, pois toda literatura é elaborada a partir da vivência e da imaginação do eu de quem escreve. De resto, vale lembrar a juventude do autor, nascido em 1932, para memórias que abrangem um espaço temporal que vai de 1940, Ano II da Vitória, a 1945, com o fim da Segunda Guerra Mundial e o suicídio de Hitler. Por outro lado, Umbral é um provocador. Rompe com as convenções, os gêneros literários, mas também com as boas maneiras. Ele se safa da imagem estereotipada do escritor enclausurado na sua torre de marfim, muitas vezes acanhado e temeroso diante do jornalista que o entrevista; Umbral se veste de repórter — o que ele foi de início — para escancarar a alma do entrevistado, ou seja, de si mesmo neste caso, na trilha baudelairiana do *Mon Cœur mis à nu*.

Liberdade de expressão, ironia e provocação unem-se na ruptura intimista, à primeira vista incoerente, que surge na metade do "Átrio" e que voltará no final, como uma obsessão: "minha esposa está recebendo uma injeção na bunda. Ela se cura em saúde, por precaução. As esposas duram muito". Essa tirada, longe de ser banal, rebenta numa miríade de alusões, imprescindíveis para entender os prolegômenos do escritor, as circunstâncias orteguianas, os desafios da empresa romanesca. Mas voltemos à citação. Esta é a pura realidade, Umbral parece dizer ao leitor, e o resto é mera literatura. Ao mesmo tempo, ele é plenamente consciente das consequências que pode sofrer por tocar um tema tão sensível numa época em que a "memória histórica" mal começa a aflorar. Quando ainda é impensável um debate a esse respeito, é inevitável prever uma eventual agressão, até mesmo seu *próprio* assassinato. De novo surge a imagem da viúva, a sua própria, mas sobretudo das viúvas da Guerra Civil, aquelas mulheres de preto fechado que povoam a memória da época. Violência, medo, luto compassam as pulsações da Espanha vencida, aterrorizada pelas "sacas" diurnas e noturnas da Espanha vitoriosa. Em contraste com a Espanha sofredora, assolada por doenças – sobretudo a tuberculose – e fome, ergue-se uma Espanha que se "cura em saúde" graças a um novo comércio florescente: o mercado paralelo.

Mas essa Nova Espanha, que defende uma moral exemplar e incontestável, oculta hipocritamente seus vícios; os mesmos sete pecados capitais que pretende erradicar com sua formação educativa nacional-católica. O maior deles, sem dúvida alguma, é a luxúria. O sexo é pudica, puritana e cabalmente um tabu, por mais que os homens frequentem assiduamente os prostíbulos e os mais ricos instalem uma *garçonnière* para a amante ou a meretriz, fazendo do adultério uma épica vedada ao *vulgum pecus*. Meio guerreiro, meio monge, o espanhol novo e, de fato, perfeito tem que dar provas da sua virilidade (nada de maricagens) e abster-se de qualquer relação pré-matrimonial com a noiva, que deve imperativamente chegar virgem à noite nupcial.

A Delegação Nacional de Imprensa e Propaganda vela rigorosamente pela preservação da pureza dos leitores e ouvintes, apagando e alterando sem dó qualquer vocábulo impróprio por ser indecente, como a detestável "bunda" [*culo*] que o depravado vermelho do Umbral mencionara em *El Giocondo* (1970), atrasando a publicação do romance em, no mínimo, um ano. Única palavra censurada, essa "bunda" forma parte integrante da memória histórica e íntima do escritor. Ele volta a tirá-la do esquecimento forçado e passa a usá-la, com prazer e alegria, depois de obtida a tão ansiada liberdade de expressão. Sem melindres, também nos remete à leitura de *Madri 1940*. Umbral não precisa de eufemismos para falar de sexo. Umbral é um homem livre e fala de cara limpa, sem o espesso véu da hipocrisia franquista, que não hesitava em atribuir todos os males aos estrangeiros e aos degenerados (incluindo os "invertidos", e o caso de Lorca, de pública notoriedade, dispensa maiores comentários), quando suas próprias fileiras pululavam de "pervertidos", como Ángelo, que não para de olhar a bunda de Mariano Armijo durante suas lides eróticas com a marquesa de Arambol, de quem é o *valete* (e o estrangeirismo corrobora o dito).

Concluir o "Átrio" com uma nova e abrupta interrupção à sua prosódia dá ao texto um toque burlesco, jocoso, que permite mais uma vez romper com a seriedade e a severidade da temática, a sangrenta repressão do pós-guerra. Essa alternância caracterizará o tom suportável de *Madri 1940*, que, longe de se deleitar com os detalhes mais sórdidos, chocantes e insuportáveis das cenas de tortura nas quais se espraia um Tomás Borrás (*Checas de Madrid*, 1940), oferece ao leitor uma página da história da Espanha de um ângulo muito mais aberto, rico, complexo. Não se diluem, de modo algum, a repressão e o consequente medo e dor, mas o enfoque dado à obra, engalanado por uma prosa prodigiosa, convida a uma leitura refletida, como através do negativo de um filme. Estas *Memórias de um jovem fascista*, além de revelarem os bastidores do Poder e o estrategista que foi Franco, refletem as silenciadas memórias de um jovem vermelho, fascinado pela estética, mas feroz defensor da ética (e prova disso é sua despedida do *El País*).

Antes de mais nada, devemos levar em conta que *Madri 1940* não é um livro de história, mas uma obra literária, e é bom lembrar que o papel da literatura é múltiplo: ser modelo iniciático e de conduta social; servir de refúgio e devaneio; seduzir e animar ou seduzir e manipular; perverter as consciências etc. Os exemplos não faltam neste romance, e seus mentores traçam um amplo friso da vida literária madrilenha: Ernesto Giménez Caballero, Miguel Mihura, Jardiel Poncela, Antonio Buero Vallejo, José Hierro, Eugenio D'Ors, Gerardo Diego, Antonio Azorín, Agustín de Foxá, Leopoldo Marañón, José María Pemán, Eugenio Montes, Pedro Mourlane-Michelena, Miguel Hernández, Pío Baroja; e do chamado gênero menor, a imprensa, tão presente no romance: *Flechas y Pelayos*, *La Ametralladora*, *La Codorniz*, *Escorial*, *Primer Plano*, *Vértice*, *Arriba*, ABC, *El Sol*, *Pueblo*, *La Estafeta Literaria*, *Semana*, *Informaciones*, *La Hoja del Lunes*.

Apesar disso, em *Madri 1940*, História e Literatura convivem em perfeita sinergia, mas a experiência vivida, ancorada na realidade objetiva, depois de passar pelo cadinho artístico, transforma-se numa *non-fiction*, o gênero inventado pelo norte-americano Norman Mailer e depois retomado por Truman Capote, que desenvolve uma verdade romanceada. Essa *non-fiction* ou *no/fiction*, hibridação tão umbraliana, com o jogo estilístico da barra tipográfica, já havia sido experimentada pelo escritor em romances anteriores, como *A la sombra de las muchachas rojas* (1981) e *Y Tierno Galván ascendió a los cielos* (1990), por exemplo. Tal transmutação, inerente a toda obra literária, oferece plena liberdade em relação ao real. *A fortiori*, guardemo-nos de dissecar e rebuscar todo tipo de carências, traumas ou neuroses que o escritor poderia ter. De tanto psicanalizar a narração, ela vai perdendo seu caráter mágico, poético, autêntico. O que não significa, como muitos acreditam, que Umbral seja apenas um estilista. Ao contrário, ele incita à introspecção reflexiva sobre as questões fundamentais da vida: direito, justiça, violência, ética, poder, totalitarismo, estética... A partir de Madri, seu cenário privilegiado, ele apregoa suas interrogações ao mundo inteiro e assim entra em triunfo na melhor literatura universal. Ao interpelar o leitor, o escritor se torna o arauto do objeto da filosofia: desenvolver em cada indivíduo o espírito crítico e tolerante. No contexto do pós-Guerra Civil de *Madri 1940*, a sagrada união umbraliana entre ética e estética volta a deslumbrar.

O romance consta de dezoito capítulos apenas numerados; essa cifra comemorativa alude muito provavelmente àquele funesto 18 de julho de 1936, dia da Sublevação do General Franco em terras marroquinas, mais tarde proclamado feriado nacional. O número anuncia a clamorosa Vitória do César, que não demorará a ganhar as demais facções implicadas no campo nacional, silenciando os eventuais rivais e, entre eles, algum pretendente ao posto deixado por José Antonio Primo de Rivera, o bem-aventurado Ausente. A modo de epígrafe, a arenga josé-antoniana, fio de Ariadne da obra e motor vital e obsessivo de Mariano Armijo, lembra por um lado a ajuda que a Falange prestou a Franco na guerra e na repressão subsequente e, por outro, ressalta os transtornos e estragos que semelhante discurso pode causar na mente de um jovem, por meio da narração das "façanhas" do protagonista: "Estendei vossos olhares, como linhas sem peso e sem medida, para a esfera pura onde os números cantam sua canção exata".

Para atingir a "esfera pura" do ideal falangista, Armijo, recém-chegado da sua "província de tédio e plateresco" (leia-se Valladolid) para ser alguém em Madri, de preferência no mundo literário, se empenhará em depurar o ambiente impuro da capital. Ritmando a marcha vitoriosa, a epígrafe volta a ressoar como um ritornelo (pp. 83 e 125), enquanto ao longo do romance vai desfiando "como cantam os números": 6 mil mortos em Córdoba, 3 mil em La Coruña, 5,5 mil em Valência, 5 mil em Valladolid, 300 em Getafe, 9.385 na Catalunha. A Espanha conta com 150 grandes prisões. Só em Madri funcionam 150 tribunais, que logo saltarão a 226; são mais de 300 mortos por dia. Com a obsessão da estatística, reflexo da burocracia imperante, estima-se que 70% são partidários de Franco, portanto deve-se caçar os 30% restantes. O que cantam, macabros, esses números são os 70 mil mortos, motivo de vanglória que deveria ser escrita em duas palavras, vã glória, nunca tão exatas, sobretudo no caso do herói às avessas que é Armijo. Ele se declara "apaixonado [...] pela estética adônica da violência", mas eticamente falando é um ser covarde, medroso, cruel, vil, miserável, orgulhoso, cínico, invejoso, luxurioso, pedófilo, ciumento... e maquiavélico. Para ele, o fim justifica os meios. Tomado de uma violência que ele já não controla, consumido por uma obsessão paranoica, converte-se num criminoso cujo raciocínio parece ser "mato antes que me matem".

Para desempenhar seu dever patriótico, a jovem promessa literária, pistoleiro envergonhado, opta pela denúncia, o que daria a entender que não é patranha alguma o que García Serrano conta a propósito do filme *O delator* (John Ford, 1935), dizendo que José Antonio o recomendou a seus jovens militantes. Armijo encontrou outras armas letais que não as pistolas: nada melhor que "um artigo/delação" para se livrar do intruso, do rival, do inimigo, seja por motivos políticos, intelectuais ou amorosos. Começou com uma modesta denúncia, entregando um ex-prisioneiro que se unira aos maquis, a qual lhe pesara muito na consciência, mas esta foi prontamente aliviada pelas palavras elogiosas da sua acompanhante feminina à sua exemplar conduta varonil. Superada a primeira hesitação, Armijo deixa-se embriagar pela força do poder: decidir se o outro merece viver ou morrer.

Os primeiros a cruzar seu caminho são uns poetas vermelhos que gravitam em torno de María Prisca, marquesa de Arambol, amante de Sancho Galia, ministro de Franco. Guiada por sua reportagem não assinada, na qual ele denunciou certos "elementos subversivos infiltrados em órgãos oficiais", a polícia os prende sem piedade nem contemplação, exceto o barbudo e cabeludo chamado Juan Bosco, que estava sob a mira de Armijo por ser o mais talentoso e, portanto, aquele que poderia fazer alguma sombra à sua promissora carreira literária. Será apenas uma questão de tempo e de tática. Logo o poeta cairá em torpes mas eficazes ardis. Juan Bosco, condenado.

Por outros motivos e depois de algumas semanas quebrando pedras em Cuelgamuros, sucumbirá de tísica Benedicto, outro jovem amante de María Prisca, comunista, mas sobretudo de pronunciados traços judaicos, o que para Armijo, orgulhoso de ser loiro, de pele alvíssima e devoto da raça pura, como seu ídolo Hitler, é algo imperdoável. Benedicto, condenado.

Cegado pelo fascismo josé-antoniano e hitlerista, Armijo exalta a laicidade da sua ideologia. Ele, que sonha em violentar uma freira, revolta-se com o que considera uma subordinação da Espanha ao Vaticano, com a parafernália de bispos que rodeiam o Caudilho, com as repetidas procissões de Franco sob pálio. Seu rancor pelo nacional-catolicismo franquista se traduz na "denúncia pela denúncia", desviando as altruístas considerações humanistas defendidas pelos princípios da Falange. Nemesio Córdoba, "o vaticanista vermelho", é a vítima sob medida, estudadamente sacrificada no altar jornalístico sob um título propositadamente alarmante: "Comunismo católico?". Nemesio Córdoba, condenado.

Embora Armijo se declare um apaixonado por José Antonio, o que poderia se prestar a mal-entendidos, ele não se priva de dar provas da sua virilidade, ou, antes, de um arraigado machismo, escudando-se no discurso biológico que relega a mulher a um papel de simples "perpetuadora da raça". Apesar de tudo, e sem se dar conta das suas aparentes contradições, Armijo não tem aversão pelo sexo feminino quando, além de objeto de prazer, a mulher é objeto de interesses mais materiais. María Prisca, marquesa apócrifa de Arambol (personagem eminentemente umbraliano e imagem viva das "marquesas" de Serafín, estrelas da revista *La Codorniz*), "bela, exótica, vivaz, decadente e muito literária", trata de introduzi-lo no mundinho da aristocracia assentada no seu feudo mundano do Clube de Golfe, onde se debate a volta da monarquia; leva-o ao Chicote, local emblemático das vedetes e devotos do Poder, bem como dos seus protegidos, os poetas vermelhos. Além de gozar dos seus favores carnais, aproveita sua aura de amante de um ministro de Franco e as vantagens econômicas da sua posição (*valet* e carro oficial com chofer) e, como já o sublinhamos, transforma suas relações em campo de caça para aquilatar seu trabalho. Quando o ministro recebe o motorista mandado por El Pardo, sinal da sua demissão, o mundo de María Prisca, cocainômana empedernida e com necessidades de luxo, vem abaixo, e ela decide se matar. Armijo, depois de enterrá-la sem lágrimas e pôr o *valet* e o chofer como dedos-duros a seu serviço, toma posse do seu suntuoso apartamento. María Prisca, morta.

María de la Escolanía, culta e de boa família, órfã e tísica, é amante de um rico latifundiário solteirão, Pedro Damián, que montou para ela um "ninho de amor" no bairro de Salamanca. Armijo não se incomoda em levar duas relações paralelas. Sua ausência de ciúme para com esse senhor de província não deixa lugar a dúvidas sobre seus sentimentos. Apesar de católica, ou por isso mesmo, o corpo estelar e os proveitos em espécie (fartura de alimentos e bebidas de marca, e ainda por cima das suas preferidas, como o bom uísque da inimiga Inglaterra) limam as asperezas. Quando a moça morre de tuberculose, Armijo tampouco a chora, embora sinta falta dos mantimentos, ao contrário do seu inconsolável protetor. María de la Escolanía, morta.

Enquanto isso, Armijo vai revelando inclinação pelas menores. Sua escolha recai em Juana, uma "princesa apócrifa" de 13 anos, que sobrevive com a família na miséria e na imundície à margem direita do rio Manzanares. Primeiro tenta comprar o pai, Perpetuo Trigueiros, galego – como Franco! –, que recusa a oferta. Mas nada nem ninguém resiste a Armijo. Com um aparente altruísmo desinteressado, leva Juana a participar das atividades da Seção Feminina da Falange, dirigida por Pilar

Primo de Rivera, a irmã traidora de José Antonio. Mas as coisas se complicam quando Perpetuo descobre que a filha pratica ginástica nua com suas companheiras e é objeto de todos os olhares pervertidos dos velhos tarados do Regime. Angustiado ao se ver jurado de morte, Armijo resolve o caso com sua melhor arma, outro artigo/denúncia sobre os lúmpens vermelhos do outro lado do Manzanares. Depois que Perpetuo é preso e posto em liberdade, Armijo volta a temer por sua vida. Finalmente assacará ao pai de Juana o assassinato de *doña* Hermenegilda, vizinha e amiga de María Prisca, viúva de um general do grupo de Saliquet, estrangulada por um mouro (a famosa Guarda Moura de Franco!). O africanismo de Franco, aliás, é para Armijo inadmissível e incompatível com a pureza de sangue exigida pelo Movimento. Perpetuo, condenado.

María Micaela é uma jovem da província de Ávila que havia ido a Madri para fazer um aborto e acabou ficando na capital como prostituta do Chicote. É ali que Armijo a conhece e se encanta com ela. A alegria que a caracteriza logo se esvai, quando ele a encontra degolada na sua cama. O corte curvo na garganta e as palavras em árabe borradas a sangue nas paredes assinam o crime. O mouro viera à procura dele, mas matou a moça. Armijo fica avisado. María Micaela, morta.

Todas essas mulheres — às quais caberia ainda acrescentar María del Puerto, "de corpo glorioso", amante fugaz que Armijo cede ao amigo Juan de Ávalos, para que lhe sirva de modelo de uma das suas alegorias do Vale dos Caídos; e Perfecta, fisicamente pouco agraciada, como a maioria das senhoritas da Seção Feminina, que o informa sobre casos de lesbianismo no castelo de La Mota, onde todo verão ela trabalha como monitora — desaparecerão da sua vida mortalmente ofendidas. Armijo só semeia morte e vingança. Vinga-se fodendo as mortas, as belas (Filomena, "um Ingres perfeito"), sempre impavidamente cioso da estética.

Enfim, todas essas mulheres permitem ao protagonista rastrear o mapa social e político da capital, enquanto ele vai conquistando seu espaço bairro a bairro (Argüelles, Cidade Universitária, Cuatro Caminos, Ventas, Chamartín, Vallecas, Carabanchel...). Ao longo do romance, destacam-se as referências toponímicas intra e extramuros (rua do "S", de Torrijos, do general Díez Porlier, Génova, de Larra, Postas, Villanueva, de Alcalá, Serrano, Gran Vía...); com o índice de ruas assim exposto, Armijo estabelece uma verdadeira cartografia – e a alteração de nomes impróprios –, indispensável para o firme controle desse último bastião "liberal e maçônico" que tanto custara a Franco arrebatar dos republicanos. O que explicaria em parte sua sanha para com qualquer indivíduo – homem, mulher ou criança – que *se significara* [se destacasse], como se costumava dizer. Madri, condenada.

Movido pelo mesmo furor de destruição e pela decepção com o descumprimento da revolução josé-antoniana, Armijo vai aniquilando mentalmente todos os políticos e intelectuais, principalmente aqueles que se dobram ao Generalíssimo, e em primeiro lugar os falangistas: Raimundo Fernández Cuesta, José Luis de Arrese, Miguel Primo de Rivera e sua irmã Pilar, Pedro Laín Entralgo, José Antonio Girón de Velasco, Ramón Serrano Suñer, Antonio Tovar etc. Por outro lado, Franco manipula os homens como meros peões, nomeando os dóceis, os submissos, distribuindo cargos mais honoríficos que funcionais, neutralizando com honrarias e condecorações, afastando os eventuais rivais, afagando os monárquicos enquanto dá rédeas ao pretendente ao trono – D. Juan de Bourbon –, demitindo uns e outros ao seu bel-prazer, transfigurando a dourada espada de Dâmocles num vulgar "motorista negro".

De fato, Pilar Primo de Rivera, condecorada com o Y de Ouro, recebe o castelo de La Mota para ali instalar sua Seção Feminina; o general Agustín Muñoz Grandes, no comando da Divisão Azul, parte para o front para "destruir o desumano, bárbaro e criminoso sistema do comunismo" (Serrano Suñer), e o Caudilho mantém as multidões ocupadas com procissões, comemorações de Vinte de Novembro, exibições patrióticas, aclamações na Plaza de Oriente, Desfile da Vitória. Exaltam-se o ardor, a fogosidade e a fúria dos mais jovens (re)formados na Frente de Juventudes, inventando novas "causas", como a reivindicação de Gibraltar, por exemplo. Franco já é César. Para os novos jogos do circo, escolhe as touradas (Manolete, Carlos Arruza, Conchita Cintrón, Marcial Lalanda, Domingo Ortega) e o futebol (Di Stéfano, Molowny). No tabuleiro internacional, as coisas são um pouco mais complicadas, por mais ardiloso que Franco seja como estrategista. Sua neutralidade em relação à Segunda Guerra Mundial, os numerosos encontros de membros do seu governo com colegas italianos ou alemães, os convites pessoais mandados – e outros tantos recebidos e honrados – a Mussolini e a Hitler, sua posterior declaração de "não beligerante", o envio da Divisão Azul a pedido da Alemanha, sem esquecer a política interior de repressão, não enganam os aliados.

Enquanto isso, a população espanhola é bombardeada pelo cinejornal do NO-DO, que desde o início de 1943 invade as telas de cinema com uma avalanche de notícias, uma mais carregada que a outra de elogios ao incansável e abnegado trabalho do Caudilho pelo bem da Pátria: coquetéis, recepções, visitas às obras do Vale dos Caídos ou do Arco de Triunfo, plantado às portas da Cidade Universitária, excursões de pesca ou de caça e vida folhetinesca de toda a família Franco (batizados, primeiras comunhões, casamentos, aniversários) desfilam a um ritmo trepidante na primeira parte do programa. Cabe lembrar que, um ano antes, estreara o filme *Raza*, síntese do pensamento político do seu autor, o próprio Generalíssimo, oculto sob o pseudônimo de Jaime de Andrade. Se o cinema constitui uma poderosa máquina de propaganda, também será um meio de evasão para várias gerações, apesar das tesouras dos censores (lembremos o escândalo em torno de *Gilda*). Previsivelmente, triunfam os atores de *Raza* – Alfredo Mayo, Ana Mariscal, Blanca de Silos, José Nieto –, mas também uma porção de atores e atrizes nacionais e estrangeiros em cartaz – Aurora Bautista, Mariquilla Terremoto, Ava Gardner, Rita Hayworth, Mario Cabré, Carlitos, Boris Karloff… E triunfam as vedetes, as *coplistas*, as folclóricas, *cantaores*: Carmen de Lirio, Lola Flores, Concha Piquer, Estrellita Castro, Carmen Amaya, Rosario, Antonio… Madri volta a se animar. Esse mundinho orbita na Gran Vía, entre o Chicote e o Pasapoga (restaurante e sala com programa de variedades inaugurada em 3 de novembro de 1942), farreando entre putas de luxo, camarões, coquetéis e charutos, exceto quando alguém prefere, como na copla popular, as *paellas* de Alfonso Camorra no Riscal. Mas o NO-DO prefere reexibir as merendas de Sua Excelência no palácio de El Pardo, um frugal chocolate com churros.

    O falangista Armijo só pode mesmo odiar essa "figura ambígua", sem coragem nem virilidade, que está construindo uma Espanha desenxabida, uma Espanha folclórica, uma Espanha de burocratas, uma Espanha rendida à Igreja Católica, uma Espanha esnobada na cena mundial, uma Espanha cada vez mais afastada dos valores josé-antonianos de "justiça e poesia". Para ele, não tem perdão: "Franco é somente franquista, e o franquismo é uma teoria da mediocridade como ordem natural das coisas". Franco, condenado. Sua Guarda Moura, condenada. Seus sequazes, condenados.

"Que revolucionários nos restam?", pergunta-se Armijo. Onde estão os intelectuais que certamente lhe transmitiram a vocação literária? O jovem que aspirava a colaborar no *Escorial* já não reconhece no seu diretor, Dionisio Ridruejo, um mito, e sim um "mestre frustrado", um "traidor" que se bandeou para a democracia cristã, apesar de ter se aventurado no front russo. E os "falanges liberais" da revista se recusam a publicá-lo, por ser nazista demais. Continua, portanto, sob as ordens de Juan Aparicio, embora o chefe censure, um após outro, todos os seus artigos. O fato é que Franco fechou a pedra de cal os veículos de comunicação por meio da recém-criada Delegação Nacional de Imprensa e Propaganda, diretamente subordinada ao Ministério de Governo, que primeiro centra fogo em Ridruejo, substituindo-o por Juan Aparicio, em 1941. Reportagens, entrevistas, artigos, tudo é controlado, expurgado, vetado. Armijo resume, com amargura: "Na imprensa só se pode falar da descorna dos touros e da descorna dos vermelhos" (p. 81). Até que, furtando-se à terminante proibição do chefe e graças a Miguel Mihura, ele publica alguns artigos em *La Codorniz*, sob pseudônimo. O fato de a manobra passar despercebida a Aparicio evidencia ou uma falha da censura ou a aprendizagem técnica e estilística do humor e da ironia pelo protagonista, o uso da camuflagem de combate. Paulatinamente, Armijo se enquadra e se autocensura, ou se censura por completo; já nem ousa comentar certos fatos e ideias com Aparicio, de quem desconfia ao descobrir que o espia, a ele, que contratara como espião. Se não se cuidar, poderá acabar como Sánchez Mazas, "um homem excepcional entregue ao franquismo por desleixo", segundo suas próprias palavras. Apesar de tudo, graças ao seu "protetor", ele transita pelas diversas tertúlias literárias: no café Roma, aproxima-se dos escritores da Escola Romana dos Pirineus (Montes, Mourlane-Michelena, Sánchez Mazas, Pemán); no café Gijón, conhece Cela, Ruano, Gerardo Diego, Buero Vallejo; no Lyón, José María de Cossío, Antonio Díaz-Cañabate; no Ateneu, D'Ors, Foxá e os políticos em ascensão Jesús Fueyo e Jesús Suevos. São apenas alguns exemplos, mas nem eles se salvam do juízo cínico e aniquilador de Armijo, que os julga "todos muito acomodados". Ele se fecha nessa apologia da crueldade e encontra sua própria justificativa em Marinetti, mais exatamente na sua máxima: "A guerra, única higiene do mundo". Os intelectuais, vendidos, condenados.

Enquanto "a Espanha começa a amanhecer" (*Cara al sol*), essas condenações ressoam cada vez mais alto, mais violentas, mais secas na mente de Armijo, como um lúgubre eco das descargas e dos tiros que tomam a vida cotidiana, noite e dia. Aí, num segundo nível de leitura, Umbral convida o leitor a rever essas imagens *en plan moviola* [a jeito de moviola], como ele costumava dizer. As aventuras delirantes e criminosas desse jovem fascista projetadas com as imagens cor sépia, a voz tão singular dos locutores da época e o movimento acelerado característicos do NO-DO como pano de fundo, não passam de um pretexto para destacar a ausência e o silêncio dos perdedores da Guerra Civil, "a horda vermelha", os militantes ativos mas também os inocentes, velhos e crianças, que pagaram pelos filhos ou pelos pais. Amontoados nas 150 prisões espanholas ou nos campos de concentração, esperam uma morte quase inevitável: o "passeio" e o fuzilamento matutino ou a doença. Quanto mais Armijo se regozija com a eficácia sumária de certos tribunais e com as torturas infligidas aos presos, mais Umbral repisa a ignomínia da repressão com suas práticas ultrajantes, degradantes, e exprime uma repulsa cabal.

Nas filigranas do romance, transparece o medo; o medo da morte, sim, mas sobretudo o medo da vida, que da noite para o dia pode dar uma guinada por causa de uma palavra mal interpretada, um detalhe insignificante, a denúncia de um porteiro ou de um dedo-duro do tipo de Armijo. Se existe o medo da Autoridade, o medo de ser preso, como traduzir o medo das "sacas", essa quinta-coluna falangista que espalha pavor e dor? Com a vida por um fio, o medo cresce, torna-se palpável e atravessa as páginas de *Madri 1940*. Esses homens molambentos e desnutridos são as sombras de uma Madri em ruínas. A Madri sofredora tenta sobreviver longe do frenesi noctâmbulo da Gran Vía, onde a nova Espanha ri, come, bebe, fuma e se diverte, sobretudo uma classe emergente, uma pequena burguesia a serviço do Poder, vestida de *vison* e pérolas, óculos escuros, paletó de linho e sapatos bicolores furadinhos, conforme a moda, gastando num trago mais do que um operário ganha num mês inteiro, quando tem a sorte de encontrar emprego.

Umbral denuncia essa vida de luxo tão ou mais escandalosa que a fome que aflige a maioria. As donas de casa não se esquecem da receita da omelete de batata sem ovos nem batata; nem os criados ex-presidiários que conseguiram sobreviver, o magro rancho de cascas de batata. De fato, o romance ostenta boa comida (café com leite, torradas, ovos, carne de cavalo e de vaca, *paella*, camarão, frango, perdiz-vermelha, lebre, coelho-bravo, codornas em escabeche etc.) e bebida (vinho, cerveja, martíni, conhaque, uísque etc.), fruto de um mercado negro galopante. Seus agentes às vezes gozam de boa situação, como é o caso notório de Perico Chicote.

Enquanto isso, para salvar a pele e não sofrer males maiores, as crianças engrossam as fileiras da Frente de Juventudes ou da Seção Feminina, onde recebem roupa e comida. Já os mais velhos sobrevivem com a cartilha de racionamento, quando conseguem uma, ou se arriscam à caça furtiva, outro modo de se expor ao "falecimento por hemorragia" — macabra ironia do eufemismo! —, ou seja, a morrer fuzilado. As *checas*, até há bem pouco tempo tão demonizadas pelos *nacionais*, não bastam para encarcerar tanto judeu-maçom-comunista que se oculta em Madri. À noite se ouvem apenas os uivos dos cachorros, com "fome de morto", e os alaridos dos gatos, com fome de sexo (outra problemática para o povo comum). De madrugada, nos muros de El Retiro, nos pinhais de Chamartín, perto da Casa de Campo ou em qualquer estrada, os corpos sem vida dão testemunho da "limpeza dos fundos" executada à noite. O César está servido.

Paradoxalmente, nem Franco nem Mariano Armijo percebem que estão redigindo um novo martirológio. María Prisca ostenta o nome de Santa Prisca (ou Priscila < lat. "antiga") de Roma, mártir; María Micaela, a prostituta do Chicote, o da fundadora da ordem das Escravas Adoradoras do Santíssimo Sacramento — que queria preservar as moças em perigo! —; María de la Escolanía, assim como as duas mulheres já mencionadas, e assim como a maioria das espanholas na época, o nome da Virgem, a primeira Santa da Igreja Católica; Juan Bosco, o do santo fundador dos Salesianos; Benedicto, o do santo fundador da ordem beneditina; até mesmo Pedro Damián é um decalque da primeira parte da vida do seu santo padroeiro, o qual, órfão, cuidava dos porcos antes de vestir o hábito beneditino, ser bispo de Ostia e terminar nos altares. Quanto a Nemesio, leva o nome da divindade grega que representa a Justiça, o Castigo e a Vingança. Nêmesis foi a deusa que castigou Narciso, assim como Perpetuo Trigueiros quer se vingar de Armijo, um personagem abjeto que lhe arrancou dos braços a filha Juana. Nome este que poderia homenagear Juanita Rico, a primeira vítima mortal dos falangistas e primeira mártir da esquerda. Todos santos e mártires. Assim como os que se folheiam nos santorais, suas imagens ficarão para sempre fixadas na memória coletiva.

Cego na sua loucura, narcisista preso numa infernal espiral de crimes, Armijo deixa um rastro de enxofre por onde passa. Da Falange Eterna resta apenas um sucedâneo, um brinquedo nas mãos de Franco, cada vez mais conchavado com a Igreja. As notícias que chegam do exterior são ruins: Mussolini já se rendeu, Hitler corre perigo no front russo. Espalha-se o alarme. Pode resistir. Deve resistir. Em vão: os aliados vão ganhando terreno e bombardeiam Berlim. Até que ocorrem a fatídica derrota e o suicídio do Führer. Armijo, desesperadamente órfão, solta um longo panegírico. Um discurso devorador magnificamente valorizado pela pena umbraliana. Composto de quatro parágrafos, separados por espaços duplos que ressaltam a solidão e a força do orador, o elogio retoma anaforicamente o nome de Hitler à maneira da saudação fascista. No seu delírio, continua a se enfrentar com Nietzsche, que Armijo qualifica de romântico ou parnasiano, e se consola com seu querido Marinetti, cicerone da guerra, ao passo que, sem vergonha nem pudor, Franco expressa em nome da Espanha "sua profunda e sincera alegria nesta hora transcendental da paz" e manda içar a bandeira nacional durante três dias. A Armijo, preso na sua paranoia criminal, resta apenas se embriagar e esperar ser morto pelo mouro intocável da Guarda de Franco, ou matá-lo.

Madri 1940 combina simbioticamente realidade e ficção, fantasia e documentação, rumores e testemunhos, tópicos, exageros e verdades. Entre os numerosos livros e memórias lidos pelo escritor, destaca-se o já citado romance de Tomás Borrás, *Checas de Madrid*, em especial a cena arrepiante do saco de olhos humanos onde o protagonista introduz a mão, comparando-os, se bem me lembro, com moluscos. Umbral, sem dúvida impressionado, assim como muitos leitores, e para deixar bem claro, de uma vez por todas, que na guerra as monstruosidades são cometidas por ambos os lados, repete a cena duas vezes no livro, pela voz de Armijo. Primeiro, liricamente, "enfiei a mão num desses sacos e tirei um punhado de mariscos humanos do olhar" (p. 110), e depois, mais prosaicamente, "sou convidado a enfiar a mão num farnel que devia conter vôngoles ou mexilhões. Tiro um punhado de olhos humanos" (pp. 147-148). Muitos episódios são fruto de horas e horas de conversas, entrevistas, confidências com personagens da época: aqueles que foram encarcerados, como Antonio Buero Vallejo e José Hierro, ou que conheceram o pós-guerra do lado dos vencedores: César González-Ruano e Camilo José Cela. Este, por exemplo, é o autor (comprovado) da afirmação que Umbral transcreve: "Com Lorca vivo, Alberti não passaria de um cafetão de puteiro legionário" (p. 182).

Os cinejornais do NO-DO são de notoriedade pública e desempenham no romance um importante papel duplo, como pano de fundo. Permitem fornecer o máximo de informações no mínimo de tempo e imprimir à escrita uma cadência, rápida ou sincopada, séria ou leve, formal ou informal, conforme o efeito desejado. Quanto à *fusão encadeada*, o recurso enlaça, de forma zombeteira e irreverente, os dois níveis de leitura, como neste caso: "Recebemos a visita do conde Ciano, emissário de Mussolini.

Carlitos, Mariquilla Terremoto e Boris Karloff triunfam nos cinemas da Gran Vía" (p. 178). Obviamente, os discursos, tanto de José Antonio como de Franco ou dos seus principais ministros, são outras fontes básicas. E, para um leitor inveterado como Umbral, as referências literárias clássicas são primordiais. Expressões ou metáforas inesquecíveis de grandes poetas, como as "púberes canéforas" (p. 120), tomada de Rubén Darío, ou a que ecoa Juan Ramón Jiménez, em "como era, meu Deus, como era a transparência, Deus, a transparência" (p. 99), afloram delicadas na escrita, alternando-se com uma linguagem mais coloquial, grosseira, chula, à medida que Mariano Armijo investe contra tudo e contra todos.

O humor, a ironia – e a *greguería* à maneira de Ramón Gómez de la Serna: "Os mortos não podem esperar porque logo ficam feios" (p. 141) –, muito presentes em todo o romance, bem como a introdução de diálogos, contribuem para seu dinamismo e naturalidade e conferem à narrativa uma dimensão cinematográfica, acentuada pelo perfeito domínio da recriação ambiental, tão característico da escrita umbraliana. Esses "climas" tão bem concebidos, que Umbral aprendeu do grande biógrafo André Maurois e que consegue aperfeiçoar com aquelas notas olfativas, herança do seu mestre Marcel Proust ("o cheiro da vitória" [p. 26]; "os funcionários de María Prisca, com seu cheiro de pensão e Karl Marx" [p. 51]; "um perpétuo odor de Semana Santa" [p. 153]). As sinestesias invadem a prosa: "os hierarcas do sistema assistem ao espetáculo vibrátil e esbelto, belo, sutilíssimo e doce do nu musical das menores" (p. 120); a adjetivação atípica combina as sensações: "uma cidade cor de mulherio" (p. 65), "daquela multidão cor de impaciência, cor de fome, cor de merda" (p. 66), "uma calva macho" (p. 70), "uma multidão cor de desespero" (p. 114). Toda essa poética converge numa prosa lírica de grande beleza. São muitos os fragmentos ao longo da obra: "Os velhos e os desempregados fimbriam Madri de sombra e cansaço, sentados na Plaza Mayor, nos parques e praças da vizinhança" (p. 161). Ou, para concluir, estas quatro frases dispersas, dedicadas ao mês de abril (eco do verso de *Cara al sol*: "Voltará a sorrir a primavera", para Armijo), que reuni no que poderia formar um só poema:

> Abril nasce com chuva e sol,
> com festas de água e largos de luz.
> O cemitério cheirava a um abril inédito,
> glorioso, jovem, perfumado, violento e bissexual. (p. 142)

> Abril canta em Madri com aquela pujança e violência
> de sangue que a morte purificadora sempre traz.
> (pp. 151-152)

> Abril é uma sufocação de flores, luz, nuvens, perfume,
> pássaros que cantam no alto do sangue dos mortos
> e abelhas meleiras de cemitério
> que pousam por um momento, douradas como broches,
> no véu negro da menina. (p. 155)

> Abril se incendeia de verde nos pinheiros de El Retiro
> e distribui galas nupciais, brancas, entre seus gramados.
> A natureza está casando-se com alguém. (p. 165)

Toda a força da escritura umbraliana está aí. *Madri 1940* é uma obra visual, sonora, tátil, com cheiros e sabores. Os personagens são esplendidamente traçados, com suas virtudes e seus defeitos realçados pela "umbralização", essa técnica de escrita provinda do *esperpento* valle-inclaniano mas com uma marca que se revela muito pessoal, muito singular, imediatamente identificável.

Não há melhor maneira de fechar esta dolorosa página da História espanhola do século XX do que lembrando as palavras pronunciadas pelo próprio Umbral nos anos 1970: "O fato poético, o milagre artístico e literário é justamente essa contínua metamorfose da prosa em outra coisa, da vida em palavras, da dor em amor". Diante da crueldade e da inanidade da vida, pervertida pela intolerância e pela intransigência das ideologias, a literatura continua sendo a morada de todas as esperanças, de todas as desejadas liberdades. Quanto a Mariano Armijo, se é que não morreu degolado pelo mouro da Guarda de Franco, talvez continue refletindo sobre o que Juan Aparicio lhe disse um dia: "Você é que é um romântico urgente". Mas o leitor avisado não deixará de notar que o protagonista umbraliano leva um nome predestinado: o nome de batismo Mariano, obviamente, remete a Mariano de Larra, enquanto o sobrenome Armijo remete ao da sua amante e causadora do seu suicídio, Dolores Armijo.

Madri 1940 encerra a voz silenciada de um povo mártir, a mesma voz que, sob a pena de Larra, clamava pela verdade em "La Nochebuena de 1836": "Quantos tísicos morreram assassinados por uma infiel, por um ingrato, por um caluniador! São enterrados; dizem que a cura não chegou e que os médicos não a entenderam. Mas a punhalada hipócrita chegou e feriu o coração".

BÉNÉDICTE DE BURON-BRUN é professora da Université de Pau et des Pays de l'Adour, na França, e uma das principais especialistas na obra de Francisco Umbral. Autora de diversos livros e artigos dedicados à obra do escritor espanhol, é também patrona da fundação que leva o nome do autor, na Espanha.

Contexto histórico
VALERIA DE MARCO

CORROSÃO POLÍTICA E ESTÉTICA

Ao final desta obra de Francisco Umbral (1932-2007), o leitor se pergunta qual terá sido seu desejo de escrever uma ficção sobre um desprezível delator; talvez procure uma classificação dessa escritura: um romance, um livro de memórias, uma confissão ou um diário? O prólogo desta edição examina essa tipologia. Mas dada a pouca familiaridade do leitor brasileiro com a história da Espanha dos séculos XIX e XX, um esboço do contexto político da narrativa de Mariano talvez ajude a compreender as motivações do autor e as muitas referências mobilizadas já no título, *Madri 1940: Memórias de um jovem fascista*, que se refere a espaço, data e uma filiação ideológica. Essa concretude indica um momento de inflexão de um tempo histórico de mais de cem anos de constantes conflitos sociais e políticos, período de violência que duas obras projetaram para sempre nos olhos da humanidade: *Os fuzilamentos de 3 de maio*, pintado por Goya, em 1808, e *Guernica*, de Picasso, em 1937.

A data da tela de Goya é importante na história do Brasil – ano da vinda ao Rio de Janeiro de d. João VI, rei de Portugal – e na da Espanha, visto que os dois países, à diferença da Inglaterra ou da França, não transformaram a riqueza extraída das colônias em estímulo a atividades produtivas. Na "era das revoluções", em palavras de Eric Hobsbawm, tal singularidade retardou a passagem do capital comercial à indústria manufatureira. Na Espanha, o atraso combinava-se a traços de sua dinâmica social: a nobreza rejeitava os "afrancesados", pois havia mais de um século a coroa passara à casa dos Bourbon; a maioria dos comerciantes explorava o Mediterrâneo e os camponeses continuavam na pobreza, pagando impostos aos proprietários de terras. Nesse cenário, os planos de expansão do império de Napoleão Bonaparte chegaram às portas de Madri, mas uma revolta popular obrigou o "invasor francês" a recuar. Com paus e pedras, o povo deu início à guerra de independência da Espanha cuja violência foi representada por Goya em muitas obras, além da já citada, e seria repetida em outras revoltas populares.

Os desdobramentos da guerra levaram os revoltosos a concentrarem-se em Cádiz, onde foram convocadas eleições para formar um parlamento, instalado em 1810, cujo trabalho resultou na primeira Constituição espanhola, promulgada em 1812. Inspirada no liberalismo, ela contemplava alguns direitos individuais, tirava privilégios da nobreza, garantia liberdade para atividades econômicas e, sobretudo, trazia o modelo de uma monarquia constitucional estruturada com a independência entre poderes, dificultando as práticas absolutistas. A incipiente burguesia, que apoiara o processo legislativo, conseguia horizontes para seu desenvolvimento, e o rei José Bonaparte, fragilizado com a previsível derrota de seu irmão na guerra, assinou a Constituição. No entanto, em 1814, com a devolução do trono à dinastia dos Bourbon, o primeiro ato do rei foi anulá-la.

A partir de então, o controle do reino se deu por sucessivas disputas monárquicas através de golpes de Estado de militares, ora em aliança com uma linha da casa real mais permeável a acordos com interesses das demais castas, ora com outra, avessa a negociações. Havia apenas alternância no exercício do poder absolutista, ritmo interrompido na década de 1860, quando a Guerra Civil norte-americana irradiou para vários países uma crise econômica com a alta de preços ou carência de trigo e algodão. Na Espanha, o desemprego e a queda da colheita de produtos para a sobrevivência motivaram algumas revoltas de camadas populares, rapidamente contidas até 1868, quando a população tomou as ruas apoiando um golpe militar liderado por generais próximos ao liberalismo. A rainha fugiu, instalou-se um governo provisório, elegeu-se uma Assembleia Constituinte que elaborou nova carta, tributária da de Cádiz, reinstituindo a monarquia parlamentar. Para sua promulgação em 1869, foi colocado no trono um membro do reino italiano que assinou a Constituição. Frente a dificuldades no parlamento, o rei renunciou em fevereiro de 1873 e foi proclamada a Primeira República, cuja duração foi de catorze meses. Novo golpe de Estado militar levou ao trono Alfonso XII, iniciando a Restauração dos Bourbon.

Esses eventos indicam a ampla mobilização das camadas populares; a dificuldade de intervenção política dos segmentos liberais, minoritários no parlamento, e a consolidação de dois blocos políticos em permanente confronto: de um lado, o conservador, composto da aristocracia, de grandes proprietários de terras e da Igreja Católica, cujo poder é forte até hoje; do outro, estava o polo constituído por liberais e republicanos, aos quais se somariam, na década de 1870, anarquistas e socialistas, pois os comunistas só se organizaram no século XX. Cabe observar uma singularidade espanhola, que é a extensão do anarquismo, sobretudo nos sindicatos, pois foi o único território em que ele conquistou força no meio rural. Assim, enquanto a direita podia usar as forças repressivas do Estado para defender a manutenção da ordem, as camadas populares lutavam por reforma agrária e regulamentação do trabalho.

No texto de Umbral, há referências a Napoleão, a disputas monárquicas; entre elas, a dos carlistas, que promoveram guerras contra o poder central com exército próprio, cujo uniforme incluía a boina vermelha usada por Franco quando lhe convinha, em suas variações de vestimentas para agradar segmentos de apoiadores, comportamento desprezado por Mariano. Tal desprezo é coerentemente construído na obra, porque ele interpreta o acirramento político do início do século XX apenas como fraqueza da monarquia, deixando de lado o empobrecimento do país devido a duas guerras em defesa do que lhe restava do Império: uma com os Estados Unidos, na qual perdera, em 1898, Cuba, Porto Rico e Filipinas, suas últimas colônias; outra em seus territórios africanos, que se alongou até 1927 e lhe atribuiu um protetorado cujo exército era integrado por "mouros", como o personagem temido por Mariano. Além desses fatos, ele desconsidera as pressões feitas pelos sindicatos de trabalhadores e as da burguesia, que exigia mais "eficiência" das forças do Estado para reprimi-las. Um exemplo de uso de extrema violência em 1909 passou à história como a Semana Trágica de Barcelona. Ali o operariado, reivindicando melhorias de condições de trabalho, realizava mobilizações e greves, mas a convocação do governo de homens para irem às trincheiras no Marrocos detonou uma rebelião na cidade das famílias atingidas. A repressão resultou em incêndios, muitos mortos, prisões e fuzilamentos determinados por juízos sumários, caso do pensador Francisco Ferrer, que fundara a Escola Moderna.

Na obra de Umbral, esse contexto se materializa em referências do protagonista ao universo cultural: alguns intelectuais da chamada Geração de 98, como Miguel de Unamuno, Antonio Machado, Ramón del Valle-Inclán, Pío Baroja ou Azorín, são avaliados negativamente; há sátiras a jornais e revistas em que publicavam escritores de diferentes ideologias, como *El Imparcial*, *El Heraldo de Madrid* ou *El Liberal*, ou o monárquico ABC, e há críticas a escolas de inspiração liberal, como a Moderna ou as da Instituição Livre de Ensino, pois aboliriam a hierarquia entre professor e aluno.

Breve trégua nesses embates ocorreu durante a Primeira Guerra Mundial, porque a Espanha, neutra no conflito, aumentou a produção de manufaturas para abastecer os exércitos dos países nele envolvidos. Mas, no imediato pós-guerra, o desemprego e a pobreza voltaram e levaram às ruas as classes subalternas, então mais aguerridas pelas notícias da Revolução Russa de 1917 e pela derrota do exército espanhol no Marrocos. Na Catalunha, em 1923, o general Miguel Primo de Rivera (pai de José Antonio, o "Ausente") se rebelou, conseguiu apoio dos militares e do rei Alfonso XIII, declarou estado de guerra, suspendeu a Constituição, fechou o Parlamento e extinguiu todos os partidos políticos. Mesmo com dura repressão a trabalhadores e estudantes, o general não conseguia impor a "ordem" e pediu demissão no final de 1929. Então, o rei encarregou a outro general o restabelecimento da monarquia constitucional. Seguindo a avaliação dos conservadores, foram convocadas eleições apenas municipais, que seriam mais controláveis pelos caciques locais ou pelo uso da fraude. O pleito se realizou em 14 de abril de 1931, e cada município transmitiu o resultado a Madri pelo rádio. Antes de terminar a contagem geral, o rei Alfonso XIII deixou o país. Iniciava-se a Segunda República, interpretada com frequência como uma revolução pelo voto. O governo provisório instalou uma Assembleia Constituinte que escreveu a nova Carta, promulgada em dezembro de 1931.

A Constituição republicana destruía o sistema de privilégios. Ao estabelecer o Estado laico, retirou da Igreja o exercício do Direito Civil, isto é, registros de nascimentos, casamentos e mortes, bem como o monopólio sobre a educação, que lhe garantia vultosos repasses do Estado. As escolas confessionais podiam funcionar somente em seus estabelecimentos e, em 1933, freiras e padres foram proibidos de dar aulas nas instituições públicas. A Igreja perdia o controle ideológico. O novo governo autorizou o ensino de todas as línguas faladas na península, atribuiu às regiões a apresentação de pedidos legislativos que lhes concedessem alguma autonomia e contou com o apoio da absoluta maioria dos intelectuais e artistas da conhecida "Geração de 27", ou "Geração da República", e dos estudantes para realizar seus projetos culturais. Já na área da economia, vieram dificuldades relativas à regularização do trabalho e à reforma agrária. A primeira se realizou em parte, mas não a segunda.

Surpreendidas, as forças da direita se organizaram para a renovação do Parlamento que se realizaria a cada dois anos. Com vistas à eleição de 1933, apresentaram-se através da Confederação Espanhola das Direitas Autônomas (CEDA) — os "cedistas" para Mariano —, uma aliança de partidos em defesa da Igreja, da família e da propriedade, isto é, de clara filiação ao fascismo italiano. José Antonio Primo de Rivera escolheu outra via: em outubro fundou a Falange Espanhola, que só conseguiu eleger um deputado — ele próprio — em 1933, e nem isso no biênio seguinte. No entanto, militantes radicais migravam para a Falange e, em 1934, ela recebeu a adesão das

Juntas de Ofensiva Nacional-Sindicalista (JONS), agrupação que já recorria à ação de milícias uniformizadas, replicando as de Mussolini e Hitler. A partir dessa fusão, o partido de José Antonio foi rebatizado: Falange Espanhola das Juntas de Ofensiva Nacional-Sindicalista. Tal polarização nacional e internacional fez com que a centro-esquerda montasse, para as eleições de fevereiro de 1936, uma chapa de Frente Popular, cuja ampla vitória abriu a época das conspirações para o golpe militar de 18 de julho iniciado por Franco, no Marrocos, e com apoio de outros generais no continente, deflagrando a sangrenta Guerra Civil que só terminou em 1º de abril de 1939, com cerca de 1 milhão de mortos e meio milhão de pessoas exiladas.

José Antonio fora preso, em março de 1936, e em sucessivos julgamentos fora absolvido, até que no último processo ofendeu os juízes e foi condenado à morte. Em novembro, já com a guerra em andamento, foi fuzilado em Alicante, mas as forças golpistas não divulgaram a morte para evitar transformá-lo em mito, referindo-se a ele como "O Ausente". A Falange engrossou as tropas golpistas, e seus quadros, desde o início da guerra, formularam as leis da ditadura, que implantavam nas zonas conquistadas. Entre estes estavam Ramón Serrano Suñer, José María Pemán, Sánchez Mazas e Dionisio Ridruejo, autor do hino *Cara al sol*, que se cantaria durante a longa ditadura de Franco.

Desenha-se o ângulo estreito do narrador que se considera o mais fiel seguidor de José Antonio Primo de Rivera e nem se pergunta se este teria mudado sua atuação se tivesse sobrevivido. A violência obscena dos atos de Mariano, relativos à delação, ao sexo ou à contabilidade dos mortos, talvez deixe menos visível o fio condutor de sua narrativa: a corrosão do poder da Falange durante os cinco anos do tempo de sua matéria histórica, isto é, desde a implantação da ditadura na Espanha até o final da Segunda Guerra Mundial. Como sua perspectiva nasce do congelamento do programa de 1933, identifica no ditador a traição, por decidir diluir as diferenças dos partidos no "Movimento"; e denuncia sua prática política pautada no oportunismo e no cinismo, o avesso da "verdade" defendida por José Antonio. Essa miopia justifica as características do texto: a extensão maior dedicada aos eventos compreendidos entre 1940 e 1942, anos de maior número de membros fundadores da Falange no governo; o uso da onisciência na narração, sugerindo ter domínio do conhecimento sobre esse período; passagem ao discurso do "eu", indicando a perda da comodidade para narrar, e, finalmente, a adoção do estilo do diário, sinalizando que as notas correspondem à perda de fluência narrativa ou à decisão de não escrever sobre a derrota do fascismo, da Falange e a sua.

Nessa medida, o processo que Mariano percebe como corrosão política objetiva-se na corrosão estética da obra, pois o fascista não pode compor uma história épica do "Ausente". Contraditoriamente, essa corrosão do texto de Mariano coloca-o em posição inferior ao poder de consciência do leitor e vertebra a ironia do texto, dando-nos a possibilidade de conhecer as ruínas da Guerra Civil: a população faminta e esfarrapada vagando pela cidade, as casas sem paredes transformadas em abrigos, a prostituição em todas as classes sociais, o funcionamento do mercado paralelo, a Igreja e Franco no poder e ambos ocupando as ruas com procissões e rezas. No espaço público desfilam os símbolos dos vitoriosos da guerra, propagandeada como "cruzada contra os vermelhos" para restaurar o destino universal da Espanha como pátria unificada com Deus e família.

No entanto, o elemento mais revelador da vitória do ditador é a relação de Mariano com seu padrinho-patrão, Juan Aparicio Pérez, que migrara das JONS para a Falange e, de 1941 a 1945, ocupou a Direção de Imprensa e Propaganda. No café, ambos encenam o esvaziamento das habituais tertúlias de grupos de artistas dos tempos anteriores e o funcionamento da censura, já que Mariano presencia como o chefe máximo desse serviço do Estado corta e modifica seus textos. Note-se que o subalterno aprende a omitir juízos sobre outros fascistas ao receber advertências para moderar seu fanatismo e aprende a exercer a autocensura. Na castração da voz do protagonista, está em cena o medo de falar, de perder o protetor ou de ser delatado; o silêncio de Mariano representa o silêncio imposto a toda a sociedade espanhola que sobreviveu ao Caudilho. Sobre as ruínas da guerra construiu-se o esquecimento histórico, pois nem dentro das casas falava-se sobre o passado, como relatam os filhos daqueles que a viveram. Aos netos coube recolher documentos e narrativas e lutar pela abertura das valas comuns, como se pode acompanhar no filme *Mães paralelas*, de Pedro Almodóvar, de 2021.

VALERIA DE MARCO é professora de literatura espanhola na Universidade de São Paulo e pesquisa as relações entre literatura, história e política no século XX, tanto na Espanha como no contexto ibero-americano. Nos últimos anos, seus estudos se concentram na produção literária vinculada à Guerra Civil Espanhola.

PREPARAÇÃO Tamara Sender
REVISÃO Ricardo Jensen de Oliveira, Huendel Viana e Fernanda Alvares
CAPA Danilo de Paulo
PROJETO GRÁFICO DE MIOLO Bloco Gráfico

DIRETOR-EXECUTIVO Fabiano Curi

EDITORIAL
Graziella Beting (diretora editorial)
Livia Deorsola e Julia Bussius (editoras)
Laura Lotufo (editora de arte)
Kaio Cassio (editor-assistente)
Gabrielly Saraiva (assistente editorial/direitos autorais)
Lilia Góes (produtora gráfica)

RELAÇÕES INSTITUCIONAIS E IMPRENSA Clara Dias
COMUNICAÇÃO Ronaldo Vitor
COMERCIAL Fábio Igaki
ADMINISTRATIVO Lilian Périgo
EXPEDIÇÃO Nelson Figueiredo
ATENDIMENTO AO CLIENTE E LIVRARIAS Roberta Malagodi
DIVULGAÇÃO/LIVRARIAS E ESCOLAS Rosália Meirelles

EDITORA CARAMBAIA
Av. São Luís, 86, cj. 182
01046-000 São Paulo SP
contato@carambaia.com.br
www.carambaia.com.br

copyright desta edição © Editora Carambaia, 2024
© Herdeiros de Francisco Umbral, 2007
© Editorial Planeta, 2013, 2021
© posfácio Bénédicte de Buron-Brun, 2013

Título original: *Madrid 1940 – Memorias de un joven fascista*
[Barcelona, 1993]

La traducción de esta obra ha recibido una ayuda del Ministerio de Cultura y Deporte de España a través de la Dirección General del Libro y Fomento de la Lectura.

A tradução desta obra contou com apoio do Ministério da Cultura e Esporte da Espanha por meio da Direção Geral do Livro e Fomento à Leitura.

CIP-BRASIL. CATALOGAÇÃO NA PUBLICAÇÃO
SINDICATO NACIONAL DOS EDITORES DE LIVROS, RJ

U43m
Umbral, Francisco, [1932-2007]
Madri 1940: memórias de um jovem fascista / Francisco Umbral; tradução Sérgio Molina; posfácio Bénédicte de Buron-Brun; contexto histórico Valeria De Marco.
1. ed. – São Paulo: Carambaia, 2024.
248 p.; 21 cm.

Tradução de: *Madrid 1940 : memorias de un joven fascista*
ISBN 978-65-5461-027-8

1. Ficção espanhola. I. Molina, Sérgio. II. Buron-Brun, Bénédicte de. III. De Marco, Valeria. IV. Título.

23-87283   CDD: 863   CDU: 82-3(460)
Meri Gleice Rodrigues de Souza – Bibliotecária CRB-7/6439

ilimitada

FONTE
Antwerp

PAPEL
Pólen Soft 80 g/m²

IMPRESSÃO
Geográfica